Tucholsky Wagner Zola Scott Sydow Freud Schlegel
Turgenev Wallace Fonatne

Twain Walther von der Vogelweide Fouqué Friedrich II. von Preußen
Weber Freiligrath Frey
Kant Ernst
Fechner Fichte Weiße Rose von Fallersleben Richthofen Frommel
Hölderlin
Fehrs Engels Fielding Eichendorff Tacitus Dumas
Faber Flaubert
Eliasberg Ebner Eschenbach
Feuerbach Maximilian I. von Habsburg Fock Eliot Zweig
Ewald Vergil
Goethe Elisabeth von Österreich London
Mendelssohn Balzac Shakespeare
Lichtenberg Rathenau Dostojewski Ganghofer
Trackl Stevenson Doyle Gjellerup
Mommsen Tolstoi Hambruch
Thoma Lenz Hanrieder Droste-Hülshoff
Dach Verne von Arnim Hägele Hauff Humboldt
Reuter
Karrillon Rousseau Hagen Hauptmann Gautier
Garschin
Damaschke Defoe Hebbel Baudelaire
Descartes Hegel Kussmaul Herder
Wolfram von Eschenbach Dickens Schopenhauer
Bronner Darwin Melville Grimm Jerome Rilke George
Campe Horváth Aristoteles Bebel Proust
Bismarck Vigny Barlach Voltaire Federer Herodot
Gengenbach Heine
Storm Casanova Tersteegen Gilm Grillparzer Georgy
Chamberlain Lessing Langbein Gryphius
Brentano Lafontaine
Strachwitz Claudius Schiller Kralik Iffland Sokrates
Katharina II. von Rußland Bellamy Schilling
Gerstäcker Raabe Gibbon Tschechow
Löns Hesse Hoffmann Gogol Wilde Vulpius
Luther Heym Hofmannsthal Gleim
Roth Heyse Klopstock Klee Hölty Morgenstern Goedicke
Luxemburg Puschkin Homer Kleist
La Roche Horaz Mörike Musil
Machiavelli Kierkegaard Kraft Kraus
Navarra Aurel Musset
Nestroy Marie de France Lamprecht Kind Kirchhoff Hugo Moltke
Laotse Ipsen Liebknecht
Nietzsche Nansen
Marx Lassalle Gorki Klett Ringelnatz
von Ossietzky May Leibniz
vom Stein Lawrence Irving
Petalozzi
Platon Knigge
Sachs Poe Pückler Michelangelo Kock Kafka
Liebermann Korolenko
de Sade Praetorius Mistral Zetkin

Der Verlag tredition aus Hamburg veröffentlicht in der Reihe **TREDITION CLASSICS** Werke aus mehr als zwei Jahrtausenden. Diese waren zu einem Großteil vergriffen oder nur noch antiquarisch erhältlich.

Symbolfigur für **TREDITION CLASSICS** ist Johannes Gutenberg (1400 — 1468), der Erfinder des Buchdrucks mit Metalllettern und der Druckerpresse.

Mit der Buchreihe **TREDITION CLASSICS** verfolgt tredition das Ziel, tausende Klassiker der Weltliteratur verschiedener Sprachen wieder als gedruckte Bücher aufzulegen – und das weltweit!

Die Buchreihe dient zur Bewahrung der Literatur und Förderung der Kultur. Sie trägt so dazu bei, dass viele tausend Werke nicht in Vergessenheit geraten.

Der Selbstmordklub

Robert Louis Stevenson

Impressum

Autor: Robert Louis Stevenson
Übersetzung: Max Pannwitz
Umschlagkonzept: toepferschumann, Berlin

Verlag: tredition GmbH, Hamburg
ISBN: 978-3-8472-3600-9
Printed in Germany

Des Rajahs Diamant
Der Selbstmordklub

Erzählungen

von

Robert Louis Stevenson

Leipzig / Hesse & Becker Verlag

Erstes Kapitel

Der Selbstmordklub

Während seines Londoner Aufenthaltes gewann sich der hochgebildete Prinz Florisel von Böhmen durch seine bestechenden Umgangsformen wie durch seine wohlangebrachte Freigebigkeit die Zuneigung aller Klassen. Schon durch das, was man von ihm wußte – und das war nur ein kleiner Teil seiner wirklichen Taten –, war er eine durchaus bemerkenswerte Persönlichkeit. Für gewöhnlich ein Mann von gelassenem Temperament, der die Welt mit der Ruhe eines Philosophen betrachtete, empfand der Fürst doch auch manchmal Verlangen nach einem abenteuerlicheren und ungebundeneren Leben als das, wozu ihn seine Geburt bestimmt hatte. War seine Stimmung einmal nicht auf ihrer gewöhnlichen Höhe, versprach er sich keine Unterhaltung von dem Besuch eines Londoner Theaters und erlaubte die Jahreszeit keinen Sport, in dem er es allen zuvortat, so ließ er seinen Vertrauten und Oberstallmeister, den Obersten Geraldine, zu sich entbieten und trug ihm auf, die Vorbereitungen für einen abendlichen Ausflug zu treffen. Der Stallmeister war ein junger Offizier, mutig bis zur Verwegenheit. Der Auftrag erfüllte ihn mit Vergnügen, und eiligst machte er alles bereit. Infolge langer Übung und mannigfaltiger Lebenserfahrung hatte sich sein angeborenes schauspielerisches Talent noch mehr entwickelt, so daß er nicht nur in Gebärden und Haltung, sondern auch in der Stimme und fast auch in seinen Gedanken jede Gesellschaftsklasse, jeden Charakter und jede Nation darstellen konnte; dadurch lenkte er die Aufmerksamkeit von seinem fürstlichen Begleiter auf sich, und es gelang dem Paar, manchmal zu ganz absonderlichen Gesellschaften Zutritt zu erhalten. Von diesen geheimnisvollen Abenteuern drang nichts an die Öffentlichkeit. Die Unerschrockenheit des einen und die unermüdliche Erfindungsgabe und ritterliche Ergebenheit des andern hatten sie so manche Gefahr glücklich bestehen lassen, und so wurde auch ihr Selbstvertrauen immer größer.

Eines Märzabends trieb sie ein eisiger Regen in eine Austernschenke am Leicester Square. Oberst Geraldine hatte sich als heruntergekommenen Journalisten verkleidet, während sich der Prinz wie gewöhnlich durch einen falschen Backenbart und lang herabhängende Augenbrauen unkenntlich gemacht hatte. In dieser Vermummung vor jeder Entdeckung sicher, schlürften sie unbesorgt ihren Brandy mit Sodawasser.

Die Kneipe war voll von Gästen beiderlei Geschlechts; aber wenn sich auch mehr als einmal Gelegenheit zur Anknüpfung eines Gesprächs bot, schien doch in keinem Falle die nähere Bekanntschaft der Mühe wert zu sein. Nur der gewöhnliche Typus gemeiner Gesellschaft war vertreten. Der Prinz fing schon an zu gähnen, und es hatte den Anschein, als sollte diesmal der Streifzug ohne jede interessante Ausbeute verlaufen, als die Eingangstür heftig aufgestoßen wurde und ein junger Wann mit zwei Dienstmännern hinter sich hereinstürzte. Jeder Dienstmann trug eine große Schüssel, die sich mit Rahmtörtchen gefüllt zeigte. Der junge Mann wandte sich mit ausgesuchter Höflichkeit an jeden einzelnen Gast und lud ihn dringend ein, zuzugreifen. Manche taten es lachend, andere wiesen ihn ohne weiteres oder mit groben Worten zurück. In diesem Falle verspeiste der Ankömmling jedesmal mit einer mehr oder minder witzigen Bemerkung das Törtchen selbst.

Zuletzt wandte er sich an den Prinzen Florisel.

»Mein Herr,« sagte er mit einer tiefen Verbeugung und präsentierte dabei das Törtchen zwischen Daumen und Zeigefinger, »wollen Sie mir als einem ganz Unbekannten die Ehre geben? Ich stehe für die Güte des Gebäcks, da ich seit fünf Uhr selbst zwei Dutzend und drei Stück gegessen habe.«

»Ich pflege,« erwiderte der Prinz, »weniger auf die Gabe als auf den Geist, in dem sie gereicht wird, zu sehen.«

»Was diesen Geist anbetrifft,« entgegnete der junge Wann mit einer zweiten Verneigung, »so handelt es sich um einen Spaß.«

»Spaß?« wiederholte Florisel. »Wem soll der Spaß gelten?«

»Ich kann mich darüber hier nicht weiter auslassen, sondern habe nur diese Rahmtörtchen zu verteilen. Wenn ich erwähne, daß ich das Lächerliche in der Sache zum guten Teil auf meine Person nehme, so hoffe ich, Sie werden es nicht unter Ihrer Würde finden und sich herablassen. Sonst nötigen Sie mich, Nummer achtundzwanzig zu verzehren, und ich muß gestehen, ich habe schon gerade genug.«

»Sie rühren mein Herz,« sagte der Prinz, »und ich will Sie mit größtem Vergnügen aus diesem Dilemma retten, aber unter einer Bedingung. Wenn mein Freund und ich Ihre Kuchen, nach denen wir an und für sich gar kein Verlangen tragen, essen, so erwarten wir, daß Sie dafür an unserm Abendessen teilnehmen.«

Der junge Mann schien nachzudenken.

»Ich habe noch verschiedene Dutzend hier,« sagte er endlich; »und ich werde daher zur Vollendung meines großen Werkes noch verschiedene Wirtschaften besuchen müssen. Das wird ziemlich viel Zeit kosten, und wenn Sie hungrig sind ...«

Der Prinz unterbrach ihn mit einer höflichen Handbewegung.

»Mein Freund und ich wollen Sie begleiten,« sagte er, »denn Ihre geniale Art, einen Abend zu verbringen, hat bereits in hohem Grade unser Interesse erweckt. Und nun lassen Sie mich, da wir über die Friedenspräliminarien einig sind, den Vertrag für beide unterzeichnen.«

Und dabei verschluckte der Prinz eins von den Törtchen.

»Sie sind ausgezeichnet,« bemerkte er.

»Ich sehe, Sie sind Kenner,« versetzte der junge Mann.

Oberst Geraldine erwies dem Gebäck die gleiche Ehre, und der junge Mann machte sich auf den Weg zu einer andern ähnlichen Wirtschaft. Hinter ihm gingen die beiden Dienstmänner, und der Fürst und Geraldine machten Arm in Arm und einander verstohlen zulächelnd den Beschluß. So besuchten sie noch zwei ähnliche Kneipen, in denen sich beim Rundgang des jungen Mannes die oben beschriebenen Szenen mit geringen Abweichungen wiederholten.

Als sie die dritte Wirtschaft verließen, zählte der junge Mann seinen Vorrat, es waren nur noch neun übrig.

»Meine Herren,« sagte er zu seinen neuen Begleitern gewendet, »ich will Sie nicht länger von Ihrem Abendessen trennen, sicher sind Sie hungrig. Ich bin Ihnen ein besonderes Opfer schuldig. Heute, an diesem für mich so bedeutungsvollen Tage, da ich eine tolle Laufbahn mit der größten Tollheit beschließen will, möchte ich mir niemand gegenüber etwas zuschulden kommen lassen. Meine Herren, Sie sollen nicht länger warten. Mit Gefahr des Lebens ziehe ich die Bilanz.«

Und mit diesen Worten stopfte er die neun Törtchen in den Mund und schluckte heroisch eins nach dem andern hinunter. Dann reichte er jedem Dienstmann ein paar Goldstücke, sagte: »Ich danke Ihnen für Ihre außerordentliche Geduld,« und entließ sie mit einer Verbeugung.

Hierauf warf er noch einen Blick auf die Börse, aus der er die Goldstücke genommen hatte, schleuderte sie lachend mitten auf die Straße und erklärte sich zum Abendessen bereit.

Die drei Genossen traten in ein unweit gelegenes kleines französisches Speisehaus besserer Klasse und nahmen in einem Sonderzimmer des zweiten Stockes ein vorzügliches Mahl ein, das sie mit drei oder vier Flaschen Champagner und einem lebhaften Gespräch über alle möglichen Gegenstände würzten. Der junge Mann zeigte sich gewandt und heiter, aber sein Lachen war für einen wohlerzogenen Menschen überlaut, seine Hände zitterten heftig, und seine Stimme nahm oft unwillkürlich einen ganz sonderbaren Klang an. Der Nachtisch war abgetragen, und alle drei hatten ihre Zigarren angezündet, als sich der Prinz mit folgenden Worten an den jungen Mann wandte:

»Sie werden sicher meine Neugier entschuldigen. Was ich von Ihnen gesehen habe, hat meinen Beifall gefunden, aber noch mehr mein Erstaunen erregt. Und obwohl mir jede Indiskretion verhaßt ist, muß ich Ihnen doch bemerken, daß bei meinem Freunde und mir jedes Geheimnis wohl bewahrt ist. Und wenn die Geschichte, die Sie zu erzählen haben, wie ich voraussetze, manche Dummheit enthält, so brauchen Sie sich deshalb vor uns, die wir schon das tollste Zeug in England ausgeführt haben, keinen Zwang anzutun. Mein Name ist Godall, Theophilus Godall; mein Freund ist der Major Hammersmith, oder dies ist wenigstens der Name, den er sich beilegt. Wir sind auf der Suche nach Abenteuern, und das Ungewöhnlichste erregt unser Interesse am meisten.«

»Sie gefallen mir, Herr Godall,« erwiderte der junge Mann; »ich fühle von vornherein Vertrauen zu Ihnen; und ich habe nicht das geringste gegen ihren Freund, den Major, den ich für einen verkleideten Edelmann halte. Wenigstens ist er sicher kein Soldat.«

Der Oberst lächelte zu diesem Kompliment, und der junge Mann fuhr lebhafter fort:

»Ich habe allen Grund, meine Geschichte nicht zu erzählen. Aber vielleicht tue ich es gerade deshalb. Wenigstens scheint es mir, daß Sie so gut vorbereitet sind, alle meine Dummheiten anzuhören, daß ich es nicht übers Herz bringe, Sie zu enttäuschen. Meinen Namen will ich trotz Ihres Beispiels für mich behalten. Mein Alter tut nichts zur Sache. Ich stamme wie alle Menschen von meinen Eltern her und ererbte von ihnen das körperliche Gehäuse, das ich noch bewohne, und ein jährliches Einkommen von dreihundert Pfund. Vermutlich verdanke ich ihnen auch meine tollen Neigungen, denen nachzugeben mein größtes Vergnügen war. Ich erhielt eine gute Erziehung. Beinahe kann ich so perfekt Violine spielen, daß ich als Mitglied einer wandernden Musikantentruppe Geld verdienen könnte. Dasselbe gilt von meiner Kunst auf der Flöte und dem Waldhorn. Whist verstehe ich so gut, daß ich etwa hundert Pfund jährlich verspiele. Französisch habe ich so weit gelernt, daß ich mein Geld in Paris fast ebenso bequem loswurde als in London. Kurz, ich bin eine sehr vielseitig ausgebildete Persönlichkeit. Kein Abenteuer ist mir fremd geblieben, darunter auch ein Duell um nichts. Erst vor zwei Monaten traf ich eine junge Dame, die an Geist und Körper meinem Geschmacke völlig entsprach; ich fühlte mein Herz schmelzen; ich sah, daß sich endlich mein Geschick erfüllen sollte, und war drauf und dran, mich zu verlieben. Als ich aber berechnete, was mir noch von meinem Kapital geblieben war, fand ich, daß sich mein ganzer Besitz auf etwas weniger als vierhundert Pfund belief! Ich frage Sie – kann sich ein Mann, der Selbstachtung besitzt, mit vierhundert Pfund verlieben? Nach meiner Meinung ist das unmöglich. Ich ließ alle Liebeshoffnung fallen, beschleunigte mein Tempo im Geldausgeben und war heute morgen bei den letzten achtzig Pfund angelangt. Diese teilte ich in zwei Teile, vierzig sollen einem besondern Zwecke dienen, die andern vierzig vergeudete ich im Laufe des Tages. Ich habe die Stunden vergnüglich zugebracht und manchen Spaß losgelassen vor dem mit den Rahmtörtchen, der mir Ihre werte Bekanntschaft verschaffte; denn ich wollte, wie gesagt, einen tollen Lebenslauf zu einem tollen Ende bringen, und als Sie mich meine Börse auf die Straße werfen sahen, waren die vierzig Pfund durchgebracht. Nun kennen Sie mich so gut, wie ich mich selbst kenne: ein Narr, aber ausdauernd in seiner Narrheit, und glauben Sie mir, weder ein Renommist noch ein Feigling.«

Aus dem ganzen Tone seiner Worte klang offenbar das Gefühl der Bitterkeit und Selbstverachtung heraus. Seinen Zuhörern kam es vor, als wäre ihm das Liebesverhältnis näher gegangen, als er zugeben wollte, und als hätte er es auf sein eigenes Leben abgesehen. Der Spaß mit den Rahmtörtchen bekam einen sehr tragischen Beigeschmack.

»Ist das nicht seltsam,« brach Geraldine nach einem Seitenblick auf den Prinzen Florisel das Stillschweigen,»daß wir drei uns in der ungeheuren Londoner Wüste aus bloßem Zufall getroffen haben sollten und dabei fast in der gleichen Lage sind?«

»Was?« schrie der junge Mann.»Sind Sie auch ruiniert? Ist es mit diesem Souper ähnlich wie mit meinen Rahmtörtchen? Hat der Teufel drei ihm Verfallene zum letzten Schmaus zusammengeführt?«

»Der Teufel,« erwiderte Prinz Florisel,»leistet sich manchmal dergleichen, und das Zusammentreffen ist für mich so ergreifend, daß ich hiermit den kleinen Unterschied in unserer Lage ausgleiche. Lassen Sie mich dem heroischen Beispiele, das Sie mit den letzten Rahmtörtchen gegeben, folgen!«

Mit diesen Worten zog der Fürst sein Taschenbuch hervor und entnahm ihm ein kleines Bündel Banknoten.

»Sie sehen,« fuhr er fort,»ich war gegen Sie etwa um eine Woche zurück, aber ich will Sie einholen und Hals über Kopf mit Ihnen am Ziele anlangen. Das« – dabei legte er eine Banknote auf den Tisch – »wird für die Rechnung genügen. Und da ist der Rest.«

Damit warf er die Papiere ins Feuer, und sie gingen mit einem einzigen Aufflackern der Flamme den Schornstein hinauf.

Der junge Mann wollte ihm in den Arm fallen, kam aber, da der Tisch zwischen ihnen war, zu spät.

»Unglücklicher,« rief er,»Sie hätten nicht alle verbrennen sollen. Sie sollten vierzig Pfund behalten!«

»Vierzig Pfund?« wiederholte der Fürst.»Wozu denn in des Himmels Namen vierzig Pfund?«

»Warum nicht achtzig?« schrie der Oberst. »Denn ich weiß gewiß, daß das Päckchen hundert Pfund enthielt!«

»Nur vierzig Pfund waren nötig,« sagte der junge Mann düster. »Aber ohne sie ist kein Einlaß. Die Vorschrift ist unerläßlich. Jeder vierzig Pfund. Verfluchtes Leben, wenn man nicht einmal ohne Geld sterben kann!«

Der Prinz und der Oberst tauschten Blicke des Einverständnisses.

»Erklären Sie sich deutlicher,« sagte der letztere. »Mein Portemonnaie ist noch ziemlich gut versehen, und ich brauche nicht zu bemerken, wie gern ich mit Godall teile. Aber ich muß wissen, wozu, und Sie müssen Ihre Worte besser erklären.«

Der junge Mann schien aufzuwachen; seine Blicke wanderten unsicher von einem zum anderen, und eine tiefe Röte übergoß sein Gesicht.

»Haben Sie mich nicht zum besten?« fragte er. »Sie sind wirklich verlorene Leute wie ich?«

»Ich bin es in der Tat,« versetzte der Oberst.

»Und ich,« sagte der Prinz, »habe Ihnen den Beweis geliefert. Nur ein verlorener Mann wird sein Geld ins Feuer werfen. Ist diese Tat nicht sprechend genug?«

»Ein verlorener Mann – ja,« entgegnete argwöhnisch der andere, »oder auch ein Millionär!«

»Genug, mein Herr,« sagte der Prinz: »ich habe es gesagt, und ich bin nicht gewohnt, daß man meine Worte in Zweifel zieht.«

»Ruiniert?« rief der junge Mann. »Sie sind ruiniert wie ich? Bleibt Ihnen nach einem zügellosen Leben« – hier senkte sich seine Stimme – »nur noch eine Zügellosigkeit übrig? Wollen Sie den Folgen Ihrer Torheit auf dem einzigen sichern und bequemen Weg entgehen?«

Plötzlich brach er ab und versuchte zu lachen.

»Auf Euer Wohl!« rief er und leerte sein Glas, »und nun gute Nacht, Ihr lustigen ruinierten Männer!«

Als er sich erheben wollte, faßte ihn Oberst Geraldine am Arm.

»Sie haben kein Vertrauen zu uns, und das ist nicht recht. Auf alle Ihre Fragen antworte ich: Ja. Aber ich bin nicht so furchtsam und rede eine ungeschminkte Sprache. Auch wir haben vom Leben genug und sind entschlossen zu sterben. Früher oder später wollten wir vereint oder allein ohne Furcht den Tod suchen. Da wir Sie getroffen haben und bei Ihnen der Fall dringender liegt, so lassen Sie uns diese Nacht oder sofort und, wenn es Ihnen recht ist, alle drei zusammen den Schritt tun. Solch ein Bettlertrio,« rief er, »sollte Arm in Arm in Plutos Hallen treten und auch unter den Schatten zusammenhalten!«

Geraldines Bewegungen und Ausdruck waren seiner Rolle so angemessen, daß sich der Prinz selbst im ersten Augenblick beunruhigt fühlte und seinem Vertrauten einen Blick des Zweifels zuwarf. Das Gesicht des jungen Mannes aber überflog wieder eine tiefe Röte, und ein Lichtstrahl drang aus seinen Augen.

»Ihr seid meine Leute!« rief er mit einer fast schrecklichen Fröhlichkeit. »Geben Sie mir Ihre Hand darauf!« (Seine Hand war kalt und feucht.) »Sie haben keine Ahnung, in was für eine Gesellschaft Sie eintreten sollen! Sie haben keine Ahnung, welcher günstige Zufall Sie an meinen Rahmtörtchen teilnehmen ließ! Ich bin nur ein einzelner, aber ich gehöre zu einem ganzen Heer. Ich kenne den Privatzutritt zum Tode. Ich gehöre zu seinen Vertrauten und kann Ihnen einen Weg weisen, der ohne Zeremonie und doch ohne Skandal in die Ewigkeit führt.«

Sie drangen lebhaft in ihn, sich deutlicher auszulassen.

»Verfügen Sie über 80 Pfund zusammen?« fragte er.

Geraldine öffnete sein Taschenbuch und erwiderte: »Ja.« »Sie Glückliche!« rief der junge Mann. »40 Pfund kostet der Eintritt in den Selbstmordklub.«

»Der Selbstmordklub?« fragte der Prinz, »was zum Teufel ist das?«

»Hören Sie,« sagte der junge Mann; »wir leben in einem Zeitalter, in dem den Menschen alles bequem gemacht wird, und ich habe Ihnen von dem Modernsten in dieser Richtung Mitteilung zu machen. Wir haben bald hier, bald da zu tun, so wurden die Eisenbahnen erfunden. Aber noch blieben wir von unsern Freunden getrennt, so ersann man zu blitzschnellem Gedankenaustausch die Telegraphen. Aufzüge ersparen uns das Treppensteigen. Nun wissen wir, das Leben ist nur eine Bühne, auf der wir den Narren spielen, solange uns die Rolle gefällt. Es fehlte dem modernen Komfort nur noch an *einer* Bequemlichkeit, nämlich die Möglichkeit, die Bühne dezent und ohne Schwierigkeit zu verlassen, eine Hintertreppe zur Freiheit oder, wie ich eben sagte, ein Privatzutritt zum Tode. In diese Lücke, meine Todesbrüder, tritt der Selbstmordklub. Glauben Sie ja nicht, daß Sie und ich mit unserem sehr natürlichen Verlangen allein stehen oder eine seltene Ausnahme bilden. Sehr viele Kameraden, die des täglich sich wiederholenden Einerleis herzlich überdrüssig sind, lassen sich nur durch diese oder jene Erwägung zurückhalten. Manche haben Familien, denen sie die Aufregung und, wenn die Sache an die Öffentlichkeit käme, die Schande ersparen möchten; andere sind zu weichmütig und können über die unumgänglichen Handgriffe nicht hinauskommen. Das ist in gewissem Maße auch mein Fall. Ich kann mir das Pistol nicht an den Kopf setzen und den Drücker bewegen; etwas, das stärker ist als mein Wille, hält mich zurück; und obwohl mich das Leben anekelt, habe ich doch nicht die Kraft in mir, mir den Tod zu geben. Für solche Leute und alle, denen der Gedanke an einen postumen Skandal ein Greuel ist, hat sich der Selbstmordklub gebildet. Aber seine genaue Entstehung und Entwicklung wie über etwaige Zweigvereine in andern Ländern weiß ich selbst nichts, und über seine Organisation Mitteilung zu machen, ist mir nicht gestattet. Doch so weit stehe ich Ihnen zu Diensten, daß ich Sie, wenn Sie wirklich lebensmüde sind, heute zu einer Sitzung einführe; und wenn nicht heute, so werden Sie doch im Laufe der Woche von der Bürde Ihrer Existenz erlöst werden. Es ist jetzt elf Uhr, spätestens um halb zwölf Uhr müssen wir aufbrechen, so daß Sie noch eine halbe Stunde haben, um meinen Vorschlag zu überlegen. Es handelt sich um etwas Ernstlicheres,« fügte er lächelnd hinzu, »als meine Rahmtörtchen und, denke ich, auch etwas Schmackhafteres.«

»Ernstlicher ist es zweifellos,« versetzte Oberst Geraldine, »wollen Sie mir daher fünf Minuten gönnen, um die Sache privatim mit meinem Freunde besprechen zu können?«

»Das ist nicht mehr als billig,« antwortete der junge Mann. »Wenn Sie erlauben, ziehe ich mich zurück.«

»Sehr verbunden,« sagte der Oberst.

Kaum waren sie beide allein, so sagte Prinz Florisel:»Wozu diese Besprechung, Geraldine? Ich sehe, Sie sind aufgeregt; ich bin völlig ruhig und entschlossen. Ich will der Sache auf den Grund sehen.«

»Eure Hoheit,« sagte der Oberst erbleichend,»lasse mich die Bitte aussprechen, zu erwägen, welche Bedeutung Ihr Leben nicht nur für Ihre Freunde, sondern auch für die Allgemeinheit hat. Wenn nicht heute nacht – sagte dieser Tollhäusler; aber gesetzt, es träfe die Person Eurer Hoheit heute ein nicht wieder gut zu machendes Unheil, wie sollte ich meiner Verzweiflung steuern, wie groß wäre der Schade und die Trauer eines großen Volkes?«

»Ich will der Sache auf den Grund sehen,« wiederholte der Prinz in ruhigstem Tone,»und vergessen Sie, Oberst Geraldine, nicht Ihr Ehrenwort als Edelmann. Unter keinen Umständen dürfen Sie, es sei denn mit meiner ausdrücklichen Genehmigung, mein Inkognito enthüllen. Und nun schellen Sie, bitte, dem Kellner!«

Oberst Geraldine verneigte sich, aber sein Gesicht war sehr bleich, als er nach der Zeche fragte und den jungen Mann wieder hereinholte. Der Prinz zeigte sich unverändert und erzählte dem jungen Selbstmörder mit humoristischen Worten von einer neuen Theaterposse. Er wich den beredten Blicken des Obersten ungezwungen aus und verwandte auf die Auswahl einer neuen Zigarre noch mehr Sorgfalt als gewöhnlich. Er war in der Tat unter den drei Männern der einzige, der seine Nerven völlig in der Gewalt hatte.

Nachdem der Prinz die Rechnung bezahlt und dem erstaunten Kellner den Rest der Banknote gelassen hatte, bestiegen sie eine Droschke, die nach kurzer Fahrt am Eingange eines ziemlich dunklen Hofes hielt. Kaum waren sie hier ausgestiegen, so wandte sich der junge Mann an den Prinzen mit den Worten:

»Noch ist es Zeit, Herr Godall, und auch für Sie, Major Hammersmith; sagen Ihre Herzen nein, so hüten Sie sich, einen Schritt weiter zu gehen; hier scheiden sich die Wege.«

»Vorwärts,« sagte der Prinz.»Ich bin nicht der Mann, der von dem einmal gefaßten Entschluß absteht.«

»Ihre Ruhe gefällt mir,« erwiderte der junge Führer. »Noch keinen habe ich in dieser Lage so unerschüttert gesehen, und Sie sind nicht die ersten, die ich hierher begleite. Mehr als einer von meinen Freunden ist mir vorausgegangen, während ich wußte, daß ich bald an die Reihe käme. Doch das ist für Sie ohne Interesse. Warten Sie einige Augenblicke; ich bin wieder hier, sobald ich das Nötige betreffs Ihrer Zulassung verabredet habe.«

Damit schritt er in den Hof und verschwand durch eine Tür.

»Von allen Ihren Streichen,« sagte der Oberst Geraldine mit leiser Stimme, »ist das der wildeste und gefährlichste.«

»Das ist durchaus meine Meinung,« versetzte der Prinz. »Es ist uns,« fuhr der Oberst fort, »noch ein Moment gelassen. Lassen mich Eure Hoheit flehentlich bitten, die Gelegenheit wahrzunehmen und sich zurückzuziehen. Die Folgen dieses Schrittes liegen so sehr im Dunklen und können so ernst sein, daß ich entschuldigt zu sein glaube, wenn ich die Freiheit, die mir Eure Hoheit im Privatumgang gestattet, so weit treibe.«

»Soll das heißen, daß Oberst Geraldine Furcht hat?« fragte der Prinz, indem er den andern durchdringend anblickte.

»Meine Furcht gilt sicher nicht meiner eigenen Person,« erwiderte Geraldine mit Stolz; »davon kann Eure Hoheit überzeugt sein.«

»Das hatte ich erwartet,« entgegnete der Prinz, »aber ich wollte Sie nicht gern an den Unterschied unserer Stellung erinnern. Nichts weiter,« fügte er hinzu, als er sah, daß Geraldine sich entschuldigen wollte. »Sie sind entschuldigt.«

Und er rauchte, an ein Gitter gelehnt, gleichmütig seine Zigarre, bis der junge Mann zurückkehrte.

»Nun,« fragte er, »will man uns aufnehmen?«

»Folgen Sie,« war die Antwort. »Der Präsident will Sie sprechen. Und achten Sie meine Warnung und antworten ihm offen. Ich habe für Sie gutgesagt, aber vor der Zulassung werden Sie einem Verhör unterworfen; denn die Indiskretion eines einzelnen Mitgliedes würde die gänzliche Auflösung des Klubs zur Folge haben.«

Der Prinz und Geraldine steckten einen Augenblick die Köpfe zusammen. »Ich stelle ... vor,« sagte der eine, und »ich ...« sagte der andere, und indem sie die Rollen von Bekannten übernahmen, hatten sie sich im Moment verständigt und waren bereit, ihrem Führer in das Präsidentenzimmer zu folgen. Besondere Schrecknisse waren beim Weitergehen nicht zu bestehen. Die äußere Tür stand offen, die Tür zum Präsidentenzimmer war nur angelehnt, und hier, in einem kleinen, aber sehr hohen Zimmer, ließ sie der junge Mann allein, indem er äußerte: »Er wird sofort hier sein.« Durch die Rolltüre, die das Zimmer auf einer Seite abschloß, hörte man Stimmen, von Zeit zu Zeit ward das Geräusch der Unterhaltung vom Knallen der Champagnerpfropfen und lautem Gelächter unterbrochen. Ein einziges hohes Fenster schaute nach der Themse hin, und aus der Verteilung der Lichter zogen sie den Schluß, daß sie nicht fern von Charing Croß wären. Die Ausstattung des Zimmers war dürftig, die Möbel alt, die Überzüge abgeschabt; sonst befand sich nichts im Zimmer außer einer Handglocke auf dem runden Tisch in der Mitte und einer ziemlichen Anzahl von Hüten und Überröcken, die überall an den Wänden hingen.

»In was für einer Höhle befinden wir uns?« sagte Geraldine.

»Das werden wir bald sehen,« versetzte der Prinz. »Ich denke, die Sache kann unterhaltend werden.«

In diesem Augenblick öffnete sich die Rolltüre so weit, daß eben ein menschlicher Körper durchschlüpfen konnte; ein lauteres Stimmengewirr drang in den Raum, und es trat herein der Präsident des Selbstmordklubs. Er war ein Mann von mindestens fünfzig Jahren, hochgewachsen, mit unsicherem Tritt, langem Backenbart, einem Kahlkopf und matten grauen Augen, aus denen von Zeit zu Zeit ein Blitz hervorbrach. Seinen Mund, in dem eine große Zigarre steckte, verzog er beständig in eigentümlicher Weise, während er die Fremden mit scharfen und kühlen Blicken maß. Seine Kleidung war aus leichtem Wollenzeug, sein Hals steckte in einem weiten, gestreiften Hemdkragen, unter einem Arm trug er ein kleines Buch.

»Guten Abend,« sagte er, nachdem er die Tür hinter sich geschlossen hatte, »man sagt mir, Sie wünschen mich zu sprechen.«

»Wir wünschen in den Selbstmordklub einzutreten,« versetzte der Oberst.

Der Präsident rollte, statt zu antworten, seine Zigarre im Munde herum.

»Was ist das?« sagte er plötzlich.

»Entschuldigen Sie,« entgegnete der Oberst, »aber ich glaube, Sie können darüber am besten Auskunft geben.«

»Ich?« rief der Präsident. »Ein Selbstmordklub? Das ist ein Aprilscherz. Beim Wein lasse ich mir solchen Spaß gefallen, – aber was soll das hier?«

»Nennen Sie Ihren Klub, wie Sie wollen,« sagte der Oberst, »Sie haben da Gesellschaft hinter der Türe, und wir wollen uns ihr anschließen.«

»Sie sind im Irrtum,« erwiderte der Präsident kurz. »Dies ist ein Privathaus, das Sie sofort zu verlassen haben.«

Der Prinz war während dieser kurzen Unterhaltung ganz ruhig auf seinem Stuhle sitzengeblieben; als ihn nun aber der Oberst anblickte, als wenn er sagen wollte: »Laß dir das gesagt sein, und laß uns um Gottes willen gehen«, nahm er seine Havanna aus dem Munde und sagte:

»Ich bin auf die Einladung eines Ihrer Freunde hergekommen. Er hat Ihnen zweifellos von meiner Absicht, mich Ihrer Gesellschaft anzuschließen, Mitteilung gemacht. Vergessen Sie nicht, daß eine Person in meiner Lage wenig Rücksichten kennt und nicht gewillt ist, sich so behandeln zu lassen. Ich bin für gewöhnlich ein sehr ruhiger Mann, aber, mein werter Herr, Sie werden entweder meinen kleinen Wunsch erfüllen oder es bitter bereuen, mich jemals in Ihr Vorzimmer gelassen zu haben.«

Der Präsident lachte laut.

»So muß man reden,« sagte er. »Sie sind ein ganzer Mann. Sie kennen den Weg zu meinem Herzen und können mit mir nach Belieben schalten. Wollen Sie,« wandte er sich an Geraldine, »wollen Sie auf ein paar Minuten beiseite treten? Ich will zunächst mit Ihrem Genossen ins reine kommen, und die Klubgesetze schreiben eine Einzelprüfung vor.«

Damit öffnete er die Tür zu einem kleinen Seitengemach, das er hinter Geraldine abschloß.

»Ich vertraue Ihnen,« sagte er zu Florisel, sobald sie allein waren, »aber sind Sie Ihres Freundes ganz sicher?«

»Nicht in dem Maße wie meiner selbst, wenn seine Gründe auch zwingender sind,« antwortete Florisel, »aber sicher genug, um ihn unbesorgt hierher bringen zu können. In seinem Fall würde wohl auch der Zäheste lebenssatt werden. Er ist erst gestern wegen Falschspielens kassiert worden.«

»Der Grund ist nicht schlecht, meiner Treu,« erwiderte der Präsident; »wenigstens haben wir einen zweiten im gleichen Falle, und ich bin seinethalben beruhigt. Waren Sie auch im Dienst?«

»Ja,« war die Antwort, »aber ich war zu träge und quittierte ihn bald.«

»Warum wollen Sie das Leben los sein?« forschte der Präsident weiter.

»Aus demselben Grunde, wie mir scheint,« antwortete der Prinz, »wegen unverbesserlicher Trägheit.«

Der Präsident fuhr auf. »Verdammt,« sagte er, »Sie müssen einen bessern Grund haben.«

»Ich habe keine Mittel mehr,« fügte Florisel hinzu. »Das ist natürlich eine Plage mehr und bringt meine Trägheit zu einem kritischen Punkt.«

Der Präsident rollte einige Sekunden seine Zigarre im Munde herum und richtete dabei seinen Blick starr auf den ungewöhnlichen Todeskandidaten, aber der Prinz bestand die Prüfung, ohne zu zucken.

»Hätte ich nicht eine Ziemliche Erfahrung,« sagte schließlich der Präsident, »so würde ich Sie abweisen. Aber ich kenne die Welt und weiß, daß die frivolsten Selbstmordgründe oft am hartnäckigsten festgehalten werden. Und wenn ein Mann so nach meinem Geschmack ist wie Sie, mein Herr, so würde ich lieber von den Bedingungen etwas nachlassen, als ihn abweisen.«

Der Prinz und der Oberst wurden nacheinander einem langen und eindringenden Verhör unterworfen, der Prinz allein, aber Geraldine in Gegenwart des Freundes, so daß der Präsident den Ausdruck des einen beobachten konnte, während der andere unter scharfem Kreuzverhör stand. Das Ergebnis war zufriedenstellend, und nachdem der Präsident über jeden Fall ein paar Notizen in seinem Buch gemacht hatte, ließ er jeden einen Eid ablegen, durch den sich der Schwörende zum völligsten passiven Gehorsam verpflichtete und sich in der denkbar striktesten Weise band. Ein Mann, der diesen schrecklichen Eid brach, konnte keine Spur von Ehre oder von religiösem Trost mehr für sich haben. Florisel unterzeichnete die Erklärung nicht ohne Schauder, der Oberst folgte seinem Beispiel mit einem Ausdruck großer Niedergeschlagenheit. Darauf nahm der Präsident das Eintrittsgeld in Empfang und führte die beiden Freunde ohne weiteres in das Rauchzimmer des Selbstmordklubs.

Dieses Zimmer war ebenso hoch, aber viel größer als das erste und mit einer, Getäfel von Eichenholz imitierenden Tapete bedeckt. Ein mächtiges, lustig flackerndes Kaminfeuer und zahlreiche Gasflammen erhellten den Raum und seine Insassen auf das beste. Mit dem Prinzen und seinem Begleiter zählte man achtzehn Personen, von denen die meisten rauchten und Schaumwein tranken; es herrschte eine fieberische Ausgelassenheit, unterbrochen von plötzlichen, durch den Gegensatz unheimlich wirkenden Pausen.

»Ist die Gesellschaft heute gut besucht?« fragte der Prinz.

»Nicht besonders,« sagte der Präsident. »Nebenbei bemerkt, wenn Sie über Geld verfügen, es ist Sitte, einige Flaschen Champagner zum besten zu geben. Das macht Leben und gehört auch zu meinen kleinen Nebeneinnahmen.«

»Hammersmith,« sagte Florisel, »ich denke, Sie sorgen für den Wein.«

Damit wandte er sich ab und mengte sich unter die Gäste. Gewöhnt, in den höchsten Kreisen den Wirt zu spielen, machte er überall einen gewinnenden und dominierenden Eindruck. Seine Anrede hatte zugleich etwas Bestechendes und Imponierendes, und dazu verlieh ihm seine außergewöhnliche Kaltblütigkeit noch ein besonderes Übergewicht in dieser halb wahnwitzigen Versammlung. Während er von einem zum andern schritt, hielt er Augen und Ohren offen, und bald hatte er eine allgemeine Vorstellung davon, welcher Klasse von Leuten seine Umgebung angehörte. Wie in allen öffentlichen Lokalen überwog auch hier ein Typus: Leute in

der Blüte der Jugend mit allen Anzeichen der Intelligenz und Emp-
fänglichkeit, aber mit anscheinend geringer Willensstärke oder den
Eigenschaften, die Erfolg versprechen. Wenige waren hoch in den
dreißig und viele unter zwanzig. Sie standen, sich an die Tische
lehnend und die Füße hin und her schiebend; bald rauchten sie sehr
schnell, und bald ließen sie wieder ihre Zigarren ausgehen; manche
sprachen gut, aber das Gespräch anderer zeugte nur von nervöser
Spannung und war ohne Witz und Ziel. Mit jeder neuen Champag-
nerflasche steigerte sich die Ausgelassenheit in merklicher Weise.
Nur zwei Personen hatten sich gesetzt, die eine saß auf einem Stuhl
in der Fensternische mit herabhängendem Kopfe und in die Hosen-
taschen vergrabenen Händen, sie war bleich, mit Schweiß bedeckt
und sprach kein Wort, ein wahres Wrack an Leib und Seele; die
andere hatte sich auf dem Diwan neben dem Kamin niedergelassen
und zog durch ihre auffallende Erscheinung die Aufmerksamkeit
auf sich. Dieser Mann war wahrscheinlich über vierzig Jahre alt, sah
aber reichlich zehn Jahre älter aus, und Florisel kam es vor, als hätte
er niemals einen von Natur häßlicheren Menschen gesehen oder
einen Körper, der deutlichere Spuren der Verheerung durch Krankheit und ein leidenschaftliches Leben gezeigt hätte. Er war nichts als
Haut und Knochen, teilweise gelähmt, und trug eine so scharfe
Brille, daß seine Augen dahinter stark vergrößert und ganz verzerrt
aussahen. Außer dem Prinzen und dem Präsidenten war er die
einzige Person im Zimmer, die keine Aufregung verriet.

Von guter Lebensart und Wohlanständigkeit war wenig zu spü-
ren. Manche brüsteten sich mit ihren entehrenden Handlungen,
deren Folgen sie hierher gebracht hatten, und die andern hörten
ohne Mißbilligung zu. Die Stimme der Moral ward hier nicht mehr
laut, und wer einmal Mitglied des Klubs geworden war, genoß
schon in gewissem Maße die Vorrechte eines Verstorbenen. Trink-
sprüche auf das gegenseitige Angedenken und auf bekannte
Selbstmörder wurden ausgebracht. Man tauschte die Ansichten
über den Tod und den Zustand nach dem Tode aus, wobei manche
die Erwartung aussprachen, in bloße Finsternis und völlige Ver-
nichtung überzugehen, andere noch in derselben Nacht die Sterne
zu erklimmen und ein neues Leben zu beginnen hofften.

»Dem unvergänglichen Andenken an den Baron Trenck, das Muster aller Selbstmörder!« rief einer. »Aus einer engen Zelle ging er hinüber in eine noch engere, um so die Freiheit zu erringen.«

»Ich für mein Teil,« sagte ein zweiter, »wünsche mir nichts weiter als eine Binde vor die Augen und Baumwolle in die Ohren. Nur gibt es auf Erden keine Baumwolle, die dick genug wäre.«

Ein dritter hoffte in seinem künftigen Zustande die Rätsel des Lebens lösen zu können; und ein vierter erklärte, er wäre dem Klub niemals beigetreten, wenn ihn nicht Darwins Theorie dazu gebracht hätte.

»Es war mir,« sagte dieser bemerkenswerte Selbstmörder, »der Gedanke unerträglich, daß ich von einem Affen abstammen sollte.«

Im ganzen fühlte sich der Prinz durch das Gebaren und die Unterhaltung der Mitglieder enttäuscht und abgestoßen.

Wozu, dachte er, diese Umstände? Ist einer entschlossen, sich das Leben zu nehmen, mag er's in Gottes Namen mit Anstand tun. Dieses Geschwätz und große Geschrei darum ist mir zuwider.

Inzwischen fiel der Oberst Geraldine den schwärzesten Befürchtungen zur Beute. Noch waren der Klub und seine Gesetze ein Geheimnis für ihn, und er schaute nach einem aus, der ihn darüber aufklären könnte. Dabei fiel sein Auge auf den Gelähmten mit der starken Brille, und da ihm dieser völlig gefaßt und ruhig zu sein schien, so ersuchte er den geschäftig hin und her eilenden Präsidenten, ihn mit dem Herrn auf dem Diwan bekannt zu machen.

Der Vorsitzende erklärte diese Formalität zwischen Klubbrüdern für überflüssig, stellte den Obersten aber nichtsdestoweniger Herrn Malthus vor.

Der letztere schaute den Fremden neugierig an und ersuchte ihn sodann, sich zu seiner Rechten niederzulassen.

»Sie sind ein Neuling,« sagte er. »und wünschen Auskunft? Sie haben sich an die rechte Quelle gewandt. Es ist zwei Jahre her, als ich zum ersten Male diesen Verein besuchte.«

Der Oberst atmete auf. Wenn Herr Malthus seit zwei Jahren Mitglied war, so konnte eine einzige Nacht schwerlich so gefährlich für den Prinzen sein. Immerhin konnte er nicht alle Bedenken loswerden, auch fürchtete er, das Opfer einer Mystifikation Zu sein.

»Wie,« rief er, »zwei Jahre! Ich dachte aber ich merke schon, Sie scherzen nur.«

»Keineswegs,« versetzte Herr Malthus. »Ich befinde mich in einem besonderen Falle, ich bin überhaupt kein richtiges Mitglied, sondern eine Art von Ehrenmitglied. Selten komme ich des Monats zweimal in den Klub. Meine Gebrechlichkeit und die Freundlichkeit des Präsidenten haben mir dieses kleine Vorrecht verschafft, wofür ich außerdem das Doppelte zu zahlen habe. Dazu war ich aber ausnahmsweise vom Glück begünstigt.«

»Ich muß Sie leider,« sagte der Oberst, »um genauere Auskunft bitten. Bedenken Sie, daß ich die Klubbestimmungen so gut wie gar nicht kenne.«

»Ein gewöhnliches Mitglied, das wie Sie als Todeskandidat hierher kommt,« versetzte Herr Malthus, »kehrt jeden Abend wieder, bis es vom Los getroffen wird. Es erhält sogar, wenn es mittellos ist, vom Präsidenten Kost und Wohnung, gut und reinlich, nehme ich an, wenn auch natürlich nicht üppig, was ja in Anbetracht des geringfügigen Abonnements (wenn ich so sagen darf) kaum zu verlangen ist. Und dann ist die Gesellschaft des Präsidenten schon an sich ein Genuß.«

»Wirklich?« rief Geraldine, »auf mich hat er keinen sonderlich anziehenden Eindruck gemacht.«

»Ja,« sagte Herr Malthus, »Sie kennen den Mann nicht: der drolligste Kauz! Was für Schnurren! Welcher Zynismus! Er kennt das Leben wie kaum ein zweiter und ist, unter uns gesagt, einer der abgefeimtesten Schurken in der ganzen Christenheit.«

»Und er ist also ebenfalls,« fragte der Oberst, »wenn Sie mir den Ausdruck gestatten, ein dauernder Stammgast hier, wie Sie selbst?«

»Ja, er ist dauernd in ganz anderm Sinne als ich,« erwiderte Herr Malthus. »Mich hat man gnädig aufgespart, zuletzt komme ich doch dran. Er dagegen spielt niemals mit. Er mischt die Karten und teilt sie aus und arrangiert alles Weitere. Dieser Mann, mein lieber Herr Hammersmith, ist in seiner Art ein verkörpertes Genie. Drei

Jahre lang hat er in London seinen segensreichen und, ich kann wohl sagen, künstlerischen Beruf ausgeübt; und es hat sich niemals auch nur der Schatten eines Argwohns gegen ihn geregt. Ich halte ihn für inspiriert. Zweifellos erinnern Sie sich noch an den aufsehenerregenden Fall, als vor sechs Monaten ein Herr in einer Drogenhandlung zufällig vergiftet ward. Das war eine seiner mindest geistreichen Taten, und doch, wie einfach, wie sicher!«

»Sie setzen mich in Erstaunen,« sagte der Oberst. »Gehörte jener Unglückliche zu den« – er wollte sagen »Opfern«, besann sich aber noch und sagte: »Mitgliedern des Klubs?«

Zugleich kam ihm der Gedanke, daß aus der Art und dem Tone, in dem Herr Malthus sprach, nichts weniger als Sehnsucht nach dem Tode herausklang, und er setzte schnell hinzu:

»Aber ich merke, ich bin noch ganz im dunkeln, Sie sprechen von Kartenmischen und -verteilen; was bedeutet das? Und da Sie den Tod nicht herbeizuwünschen scheinen, so verstehe ich nicht, muß ich bekennen, was Sie herführt.«

»Sie haben recht, Sie sind im dunkeln,« versetzte Herr Malthus mit gesteigerter Lebhaftigkeit. »Dieser Klub, mein Herr, ist eine Stätte geistigen Taumels. Erlaubte mir mein geschwächter Körperzustand, die Aufregung öfter zu ertragen, verlassen Sie sich darauf, ich würde häufiger hier sein. Nur ein starkes Pflichtgefühl, wie es sich während langer Krankheit und geregelter Lebensweise entwickelt hat, hält mich von Exzessen in dieser, ich kann sagen, meiner letzten Ausschweifung zurück. Ich habe alle kennengelernt,« fuhr er fort und legte seine Hand auf Geraldines Arm, »alle ohne Ausnahme, und ich erkläre Ihnen auf meine Ehre, man hat sie sämtlich viel zu hoch angeschlagen. Die Menschen spielen mit der Liebe. Die Liebe ist aber gar keine starke Leidenschaft. Furcht ist das eine mächtigste Gefühl; mit der Furcht müssen Sie spielen, wollen Sie den größten geistigen Kitzel empfinden. Beneiden Sie mich – beneiden Sie mich,« setzte er kichernd hinzu, »ich bin eine Memme!«

Geraldine konnte nur mit Mühe eine Gebärde des Abscheus unterdrücken; doch bezwang er sich und fuhr fort:

»Auf welche Weise wird die Aufregung künstlich verlängert, und wo liegt das Element der Ungewißheit?«

»Ich muß Ihnen mitteilen,« entgegnete Herr Malthus, »wie man jeden Abend das Opfer auswählt, und nicht nur das Opfer, sondern noch ein zweites Mitglied, das als Instrument des Klubs dient und als Hoherpriester des Todes zu wirken hat.«

»Mein Gott,« sagte der Oberst, »sie töten einander?«

»Man ist auf diese Weise der Mühe des Selbstmords überhoben,« bestätigte Herr Malthus.

»Gnädiger Himmel!« stieß der Oberst hervor, »und können Sie – kann ich – kann der – mein Freund, meine ich, kann irgendeiner von uns heute abend zum Mörder eines andern ausgewählt werden? Ist das unter denkenden Wesen, die eine Mutter gehabt haben, möglich? O schändlichste aller Schändlichkeiten!«

Er wollte entsetzt aufspringen, als er dem Auge des Prinzen begegnete, der ihm über das Zimmer einen unzufriedenen und warnenden Blick zuwarf. Sofort war Geraldine wieder Herr seiner Sinne.

»Warum auch nicht?« sagte er, »und da Sie sagen, das Spiel sei interessant, so mag meinetwegen das Schiff vom Stapel gehen, ich folge der Flagge.«

Herr Malthus hatte mit Vergnügen des andern Entsetzen und Abscheu bemerkt. Er war stolz auf seine Verderbtheit und freute sich, an einem andern eine edle Regung zu bemerken, über die er sich in seiner Verstocktheit weit erhaben fühlte.

»Sie sind, scheint es, jetzt nach Ihrer ersten Überraschung imstande, die Reize, die unser Verein bietet, zu würdigen. Er vereint, wie Sie sehen, die Aufregung des Spieltisches, des Duells und des römischen Amphitheaters. Die alten Heiden verdienen Bewunderung für ihren raffinierten Geschmack, aber erst einem christlichen Lande war es vorbehalten, zu dieser höchsten Höhe geistigen Rausches emporzusteigen. Sie werden begreifen, wie eitel einem Mann, der hieran Geschmack gefunden, alle andern Unterhaltungen vorkommen müssen. Unser Spiel ist äußerst einfach,« fuhr er fort. »Ein volles Spiel Karten – aber ich sehe, die Sache soll in Wirklichkeit soeben vor sich gehen. Wollen Sie mir Ihren Arm leihen? Ich bin leider gelähmt.«

Und in der Tat öffnete sich, als Herr Malthus mit seiner Beschreibung anfing, eine zweite Rolltüre, und der ganze Klub begab sich in das nächste Zimmer. Dieses' war, von der Möblierung abgesehen, dem Rauchzimmer fast völlig gleich. In der Mitte stand ein langer, grüner Tisch, an dem der Präsident saß und mit peinlicher Sorgfalt ein Spiel Karten mischte. Trotz seines Stockes und des unterstützenden Arms kam Herr Malthus so langsam vorwärts, daß dieses Paar und der Prinz, der auf sie gewartet hatte, zuletzt ins Zimmer traten und daher auch unten am Tisch beieinander zu sitzen kamen.

»Es ist ein Spiel von 52 Karten,« flüsterte Herr Malthus. »Achten Sie auf das Pikas, das Zeichen des Todes, und das Treffas, das den Ausführenden bestimmt. Glückliche, glückliche junge Männer!« fügte er hinzu. »Sie haben gute Augen, Sie können das Spiel verfolgen. Ich kann aber von hier aus ein As von einer Zwei nicht unterscheiden.«

Und dabei setzte er sich noch eine zweite Brille auf.

»Ich muß wenigstens den Ausdruck der Gesichter beobachten,« erklärte er.

Der Oberst teilte seinem Freunde in wenigen leisen Worten mit, was er erfahren hatte, und welche gräßliche Alternative vor ihnen lag. Der Prinz fühlte, wie ihn ein tödlicher Schauder überlief und sein Herz sich zusammenzog; er glaubte, ersticken zu müssen, und der Ausdruck entsetzlicher Verlegenheit malte sich auf seinem Gesicht.

»Ein kühner Entschluß,« flüsterte der Oberst, »und wir können uns noch frei machen.«

Aber diese Worte ließen den Prinzen seine Fassung wiedergewinnen.

»Ruhig!« sagte er. »Zeigen Sie, daß Sie wie ein Mann spielen können, gleichviel um welchen Einsatz.« Und er schaute herum, allem Anschein nach ganz gefaßt, wenn auch sein Herz heftig pochte und es ihm unangenehm heiß ward. Die Mitglieder waren sämtlich still und äußerst gespannt, ihre Mienen sahen bleich aus, bei keinem mehr als bei Herrn Malthus. Seine Augen quollen hervor, sein Kopf wackelte unwillkürlich hin und her; die Hände fuhren fortwährend zum Wunde und krallten sich an den zitternden und aschfarbenen

Lippen fest. Das Ehrenmitglied bezahlte offenbar einen hohen Preis für seine Mitgliedschaft.

»Achtung, meine Herren!« sagte der Präsident. Und er verteilte die Karten langsam von rechts nach links und wartete jedesmal, bis der Empfänger seine Karte aufgedeckt hatte. Fast jeder zögerte; und manchem versagten die Finger mehr als einmal den Dienst, ehe er das Blatt umwenden konnte. Je näher der Moment heranrückte, wo der Prinz an die Reihe kommen sollte, um so mehr wuchs seine Aufregung, die schließlich fast unbezwingbar ward; aber er hatte doch etwas von einer Spielernatur in sich und war erstaunt, zugleich ein gewisses Vergnügen zu empfinden. Treffneun ward ihm zuteil und Geraldine Pikdrei. Malthus, der einen Seufzer der Erleichterung nicht zurückhalten konnte, hatte Herzdame. Kurz darauf deckte der junge Mann mit den Rahmtörtchen das Treffas auf und hielt starr vor Entsetzen die Karte in der Hand; nicht um zu töten, sondern um den Tod zu finden war er gekommen; und der Prinz vergaß aus Mitgefühl mit seiner Lage die Gefahr, die ihn und seinen Freund noch bedrohte.

Die Runde erfüllte sich zum zweiten Male, und noch war die Todeskarte nicht gefallen. Die Spieler atmeten kaum. Der Prinz erhielt wieder ein Treff, Geraldine ein Karo. Als aber Malthus sein Blatt umwandte, kam aus seinem Munde ein schrecklicher Ton, wie wenn etwas zerbräche; er erhob sich von seinem Sitze und ließ sich wieder nieder, alle Lähmung schien verschwunden. Vor ihm lag Pikas. Das Ehrenmitglied hatte einmal zu oft mit seinem Leben gespielt.

Sofort begann nun die Unterhaltung von neuem. Die starre Haltung der Spieler löste sich, sie erhoben sich und gingen zu zweien oder dreien ins Rauchzimmer zurück. Der Präsident streckte seine Arme aus und gähnte wie ein Mann, der sein Tagewerk vollendet hat. Nur Herr Malthus saß auf seinem Platze, den Kopf in den auf dem Tische ruhenden Händen wie berauscht und regungslos, ein Bild völliger Gebrochenheit.

Der Prinz und Geraldine entfernten sich sofort. In der kalten Nachtluft verdoppelte sich noch ihr Entsetzen über das, was sie erlebt hatten.

»Wehe!« rief der Prinz, »daß ich mich durch einen solchen Eid gebunden habe! Daß ich diesem geschäftsmäßigen Morden keinen Einhalt tun kann! Ob ich es wage, mein Wort zu brechen?«

»Das ist,« versetzte der Oberst, »für Eure Hoheit, deren Ehre Böhmens Ehre ist, unmöglich. Aber ich kann und darf es ohne Schande tun.«

»Geraldine,« sagte der Prinz, »sollte Ihre Ehre bei einem der Abenteuer, die Sie mit mir bestehen, leiden, so werde ich Ihnen dies niemals verzeihen und – ich glaube, das wird Ihnen noch mehr gelten – auch mir selbst würde ich das nie vergeben können.«

»Eure Hoheit hat zu gebieten,« erwiderte der Oberst. »Wollen wir diesen verfluchten Ort verlassen?«

»Ja,« sagte der Prinz. »Rufen Sie eine Droschke, ich will versuchen, in nächtlichem Schlummer den Greuel dieser Nacht zu vergessen.«

Doch las er auf der nächsten Straßentafel sorgfältig die Aufschrift Box-Court, ehe er das Fuhrwerk bestieg.

Sobald sich der Prinz am nächsten Tage erhob, brachte ihm Geraldine ein Zeitungsblatt, in dem folgende Notiz stand:

Trauriger Unglücksfall. Heut morgen gegen 2 Uhr fiel Herr Bartholomäus Malthus, wohnhaft 16, Chestow Place, Westbourne Grove, auf dem Heimwege von einer Gesellschaft über das obere Geländer des Trafalgar Square, zerschmetterte sich den Kopf und brach ein Bein und einen Arm. Der Tod trat augenblicklich ein. Herr Malthus, den ein Freund begleitete, sah sich gerade nach einer Droschke um. Da er gelähmt war, nimmt man an, sein Sturz war die Folge eines neuen paralytischen Anfalls. Der Verunglückte bewegte sich in den angesehensten Kreisen, und sein Tod wird allgemein und aufrichtig bedauert.

»Wenn jemals eine Seele geradeswegs zur Hölle ging,« sagte Geraldine, »so war es seine.«

Der Prinz barg sein Antlitz in seinen Händen und verharrte in Schweigen.

»Es freut mich fast,« fuhr der Oberst fort, »ihn tot zu wissen. Aber um den jungen Mann mit den Rahmtörtchen, muß ich bekennen, blutet mir das Herz.«

»Geraldine,« sagte der Prinz und erhob sein Gesicht, »der arme Bursche war gestern abend so schuldlos wie Sie und ich; und heute morgen drückt eine Blutschuld seine Seele. Wenn ich an den Präsidenten denke, fühle ich einen Stich im Herzen. Noch weiß ich nicht wie, aber jener Schurke soll mir, so wahr ein Gott im Himmel ist, büßen. Was für eine Erfahrung, was für eine Lehre, was für ein Kartenspiel!«

»Eins,« sagte der Oberst, »nach dem man nicht zum zweiten Male verlangt!«

Der Prinz erwiderte lange nichts, und Geraldine ward unruhig.

»Sie können doch nicht noch einmal hingehen wollen?« sagte er. »Sie haben schon genug ausgestanden und zu viel Entsetzliches gesehen. Die Pflichten Ihrer hohen Stellung erlauben Ihnen nicht, noch einmal mit dem Geschick zu spielen.«

»Was Sie sagen, ist nicht unberechtigt,« versetzte Prinz Florisel, »und ich bin selbst mit meinem Entschluß unzufrieden. Was steckt in den Kleidern des mächtigsten Herrschers anderes als ein Mensch? Niemals habe ich meine Schwachheit lebhafter empfunden als jetzt, aber ich kann sie nicht überwinden. Kann ich aufhören, an dem Geschick des jungen Mannes, der vor ein paar Stunden mit uns speiste, Anteil zu nehmen? Kann ich den Präsidenten seine nichts-würdige Laufbahn fortsetzen lassen? Kann ich ein so verführeri-sches Abenteuer plötzlich abbrechen? Nein, Geraldine, Sie verlan-gen vom Fürsten mehr, als der Mensch leisten kann. Wir wollen heute nacht noch einmal nach Box-Court gehen und am Spieltisch des Selbstmordklubs Platz nehmen.«

Der Oberst fiel auf die Knie.

»Will Eure Hoheit mein Leben?« rief er. »Da ist es; aber nur dies nicht, unternehmen Sie dieses gräßliche Wagnis nicht noch einmal!«

»Oberst Geraldine,« versetzte der Prinz mit stolzer Hoheit, »Ihr Leben ist Ihr unbeschränktes Eigentum. Ich erwartete nur Gehor-sam, und wird mir der nur widerwillig geleistet, so muß ich auf ihn verzichten. Noch ein Wort: Sie haben sich in dieser Angelegenheit schon genugsam als unberufenen Ratgeber erwiesen.«

Der Oberstallmeister war aufgesprungen.

»Eure Hoheit,« sagte er, »darf ich für heute nachmittag um Urlaub bitten? Ich wage mich als Mann von Ehre nicht noch einmal in jenes Haus des Todes, ohne vorher meine Angelegenheiten in Ordnung gebracht zu haben. Eure Hoheit wird, verspreche ich, nichts mehr auszusetzen finden an dem ergebensten und dankbarsten ihrer Diener.«

»Mein lieber Geraldine,« entgegnete der Prinz, »nur mit Widerstreben sehe ich mich gezwungen, meinen Rang, hervorzukehren. Verfügen Sie nach Belieben über den Tag, aber seien Sie vor elf Uhr wieder in derselben Verkleidung zur Stelle.«

Die Klubsitzung war am zweiten Abend nicht so gut besucht, und als die beiden Freunde das Rauchzimmer betraten, waren nicht sechs Personen anwesend. Seine Hoheit nahm den Präsidenten beiseite und beglückwünschte ihn zu der glatten Abwicklung des Malthusschen Falles.

»Ich schätze die Befähigung in allen Fällen,« sagte er. »Ihre Aufgabe ist delikater Natur, aber Sie verstehen sie trefflich zu lösen.«

Der Präsident fühlte sich nicht wenig geschmeichelt.

»Armer Freund Malthus,« sagte er, »ich kann mir den Klub kaum ohne ihn denken. Meine Kunden sind zumeist Knaben, poetisch angehauchte Knaben und keine Gesellschaft für mich. Nicht als ob nicht auch Malthus seine Poesie gehabt hätte, aber die war mir verständlicher.«

»Ich kann mir wohl denken, daß Sie Sympathie mit Herrn Malthus empfinden,« versetzte der Prinz. »Er schien mir ein seltenes Original zu sein.«

Der junge Wann mit den Rahmtörtchen war im Zimmer, aber, äußerst niedergedrückt und schweigsam. Vergebens suchte der Prinz ein längeres Gespräch mit ihm anzuknüpfen.

»Ach,« rief er, »hätte ich Sie doch niemals an diesen Ort der Schande gebracht! Hinweg von mir mit Ihren reinen Händen! O hätten Sie den Schrei des alten Mannes und das Krachen seines gegen das Pflaster schlagenden Körpers gehört! Wenn Sie mir noch eine Wohltat gönnen, so wünschen Sie mir heute nacht das Pikas!«

Einige Mitglieder stellten sich noch ein, aber es war eben erst das Teufelsdutzend (13) voll, als man sich am Spieltisch niederließ. Der Prinz empfand wieder trotz seiner Aufregung eine Art Genuß; wunderbar war es ihm, daß sich Geraldine so viel gefaßter zeigte als am Abend vorher.

Es ist doch merkwürdig, dachte er, daß ein entschiedener Wille einen solchen Einfluß über den Geist des jungen Mannes ausübt.

»Achtung, meine Herren!« rief der Präsident und fing an, die Karten auszuteilen.

Bei dreimaliger Runde war noch keine von den beiden Stichkarten herausgekommen, und die Aufregung war übermächtig, als die letzte entscheidende Runde begann. Der Prinz, der an zweiter Stelle links vom Austeiler saß, mußte die vorletzte Karte erhalten. Der dritte Spieler hob ein schwarzes As, es war das Treffas. Der nächste erhielt ein Karo, der folgende eine Herzkarte und so fort; aber das Pikas stand noch aus. Zuletzt deckte Geraldine, der links vom Prinzen saß, seine Karte auf; es war ein As, aber Herzas.

Als Prinz Florisel sein Schicksalsblatt vor sich auf dem Tisch liegen sah, stand ihm das Herz still. Er war ein mutiger Mann, aber der Schweiß brach aus den Poren seines Gesichts. Es war genau zehn gegen zehn zu wetten, daß ihn das Los traf. Er drehte die Karte um, es war Pikas. Ein lautes Sausen füllte ihm das Gehirn, und der Tisch verschwamm ihm vor den Augen. Er hörte, wie der Spieler zu seiner Rechten in ein Lachen ausbrach, von dem man nicht recht unterschied, ob es Freude oder Enttäuschung bedeute. Er sah, wie sich die Gesellschaft schnell auflöste, aber dabei beschäftigten ihn andere Gedanken. Er erkannte, wie töricht, wie verbrecherisch er gehandelt hatte. In völliger Gesundheit, in der Blüte der Jahre, Erbe eines Thrones, hatte er seine Zukunft und die eines edlen ergebenen Volkes verspielt. »Gott, Gott, vergib mir!« Und damit riß er sich aus seiner Benommenheit los und gewann seine Fassung wieder.

Zu seinem Erstaunen war Geraldine verschwunden. Im Spielzimmer befand sich nur noch sein vorbestimmter Mörder, der sich mit dem Präsidenten beriet, und der junge Mann mit den Rahmtört-chen, der ihm zuflüsterte: »Ich würde gern für Ihr Glück eine Milli-on geben,« und das Zimmer gleichfalls verließ.

Diese leise geführte Besprechung war inzwischen zu Ende ge-führt. Der vom Los bestimmte Henker entfernte sich mit einem Blick des Einverständnisses, und der Präsident näherte sich dem unglücklichen Prinzen und streckte ihm die Hand entgegen. »Es freut mich, Ihre Bekanntschaft gemacht zu haben,« sagte er, »und daß ich Ihnen diesen kleinen Dienst erweisen konnte. Wenigstens können Sie sich nicht über langen Aufschub beklagen. Am zweiten Abend – welcher Glücksfall!«

Der Prinz mühte sich vergebens, ein Wort hervorzubringen, aber sein Mund war völlig ausgetrocknet und die Zunge gelähmt.

»Sie fühlen sich etwas unwohl?« fragte der Präsident mit an-scheinender Teilnahme. »Den meisten geht es so. Wünschen Sie ein wenig Brandy?« Der Prinz nickte und der Präsident goß sofort et-was Brandy in ein Wasserglas.

»Armer alter Malthus!« bemerkte er. als der Prinz am Glase nipp-te. »Er trank ein halbes Liter, und es schien ihm doch nicht viel zu helfen.«

»Bei mir bedarf's nicht so viel,« sagte der Prinz neubelebt. »Ich bin, wie Sie sehen, wieder Herr meiner selbst. Und nun lassen Sie mich fragen: Was habe ich zu tun?«

»Sie werden am Strande entlang, auf dem linken Straßendamm nach der Stadt zu fortgehen, bis Sie den Herrn treffen, der soeben das Zimmer verließ. Er wird Ihnen das Weitere kundtun, und sei-nen Weisungen haben Sie sich zu fügen, denn ihm ist für die Nacht die ganze Klubgewalt übertragen. Und nun,« setzte der Präsident hinzu, »wünsche ich Ihnen einen angenehmen Weg.«

Florisel erwiderte den Gruß ziemlich unhöflich und entfernte sich. Er ging durch das Nebenzimmer, wo die meisten Klubmitglie-der noch Schaumwein tranken, den er zum Teil selbst bestellt und bezahlt hatte, und er wunderte sich, daß er sie in seinem Herzen verfluchte. Er zog im Präsidentenzimmer seinen Rock an, setzte den Hut auf und suchte seinen Schirm aus. Der Gedanke, daß er dies alles zum letzten Male tun sollte, ließ ihn in ein Lachen ausbrechen, das ihm selbst unheimlich in den Ohren gellte. Er konnte sich nicht entschließen, das Zimmer zu verlassen, und wandte sich zum Fenster. Der Anblick der Lampen und der Dunkelheit brachte ihn wieder zu sich.

»Komm,« sprach er zu sich, »sei ein Mann und reiß dich los!«

Aber an der nächsten Straßenecke fielen drei Männer über ihn her und schoben ihn ohne Umstände in eine Kutsche, die eiligst davonfuhr. Im Wagen saß noch eine Person, und eine wohlbekannte Stimme sagte: »Wird mir Eure Hoheit meinen Eifer verzeihen?«

In der ersten Aufregung der Freude über seine Rettung warf sich der Prinz dem Obersten an den Hals.

»Wie kann ich Ihnen jemals danken?« rief er. »Und wie haben Sie das angefangen?«

Wenn er auch bereit gewesen war, sein Los zu tragen, so erfüllte es sein Herz doch mit überströmender Freude, daß ihn der Freund mit Gewalt zurückhielt und ihm wieder den Weg zu Leben und Hoffnung bahnte.

»Danken Sie mir dadurch, daß Sie künftig solche Gefahren vermeiden. Und was die zweite Frage betrifft, so bediente ich mich der einfachsten Mittel. Heute nachmittag versicherte ich mich der Dienste eines namhaften Geheimpolizisten, der sich zu vollster Geheimhaltung verpflichtete. Sonst verwendete ich zumeist Ihre eigene Dienerschaft. Das Klubhaus war seit Anbruch der Nacht umstellt, und diese Ihre Kutsche stand schon seit etwa einer Stunde bereit.«

»Und der Elende, der mich töten sollte?« fragte der Prinz.

»Er fiel in unsere Hände, sobald er die Straße betrat, und erwartet nun ihr Urteil im Palast, wo sich auch seine Genossen bald einfinden werden.«

»Geraldine,« sagte der Prinz, »Sie haben mich gegen meinen ausdrücklichen Befehl gerettet, und Sie haben recht getan. Ich verdanke Ihnen nicht nur mein Leben, sondern auch eine gute Lehre, und ich würde meiner Stellung unwert sein, wollte ich mich nicht dankbar gegen meinen Lehrer erweisen. Es ist an Ihnen, über die Art meiner Erkenntlichkeit zu bestimmen.«

Es trat eine Pause ein, während der Wagen eilends weiterfuhr. Beide Männer waren in tiefes Nachdenken versunken, bis der Oberst das Stillschweigen brach. »Eure Hoheit,« sagte er, »hat nun eine beträchtliche Anzahl von Gefangenen. Darunter ist mindestens ein Verbrecher, der Gerechtigkeit verdiente. Unser Eid verbietet uns, das Gesetz anzurufen, wenn es nicht schon Gründe der Diskretion täten. Darf ich nach Eurer Hoheit Absichten fragen?«

»Der Präsident,« antwortete Florisel, »muß im Duell fallen. Es ist nur noch sein Gegner auszuwählen.«

»Eure Hoheit hat mir gestattet, mir selbst eine Belohnung auszusuchen,« sagte der Oberst. »Darf ich meinen Bruder vorschlagen? Es ist eine ehrenhafte Aufgabe, aber Eure Hoheit kann versichert sein, er wird sich ihrer auch mit Ehren entledigen.«

»Nur ungern gewähre ich die Bitte,« sagte der Prinz, »aber ich darf Ihnen nichts abschlagen.«

Der Oberst dankte mit einem Handkuß; und im selben Augenblick rollte der Wagen durch das Hoftor des prächtigen Schlosses.

Eine Stunde später empfing Florisel, angetan mit allem Glänze seines fürstlichen Standes, die Mitglieder des Selbstmordklubs.

»Törichte und gottvergessene Wärmer,« sagte er, »die unter Euch, welche Mittellosigkeit in diese Lage gebracht hat, werden durch meine Beamten eine genügende Anstellung erhalten. Die, welche sich schuldbeladen fühlen, müssen sich an einen Höheren und Großmütigeren wenden, als ich bin. Mehr, als Ihr Euch denken könnt, empfinde ich Mitleid mit Euch; morgen sollt Ihr mir Eure Schicksale erzählen, und je freimütiger Euer Bericht sein wird, um so besser werde ich Euch helfen können. Was Sie betrifft,« wandte er sich an den Präsidenten, »so müßte ich fürchten, einen Wann Ihrer Stellung durch das Anerbieten meines Beistandes nur zu beleidigen, ich habe Ihnen statt dessen einen Zeitvertreib vorzuschlagen. Hier« – er legte dabei seine Hand Oberst Geraldines jungem Bruder auf die Schulter – »ist einer meiner Offiziere, der gern eine kleine Reise nach dem Kontinent machen will; und ich ersuche Sie, mir den Gefallen zu tun und ihn auf seinem Ausflug zu begleiten.« Und mit verändertem Tone fügte er hinzu: »Sind Sie ein guter Pistolenschütze? Sie möchten von dieser Fertigkeit Gebrauch machen können. Wenn zwei Männer zusammen auf die Reise gehen, muß man auf alles vorbereitet sein. Lassen Sie mich noch bemerken, daß Ihnen, falls dem jungen Geraldine etwas zustoßen sollte, stets ein Ersatzmann zur Verfügung stehen wird, und, Herr Präsident, es ist bekannt, daß mein Auge und mein Arm weit reichen.«

Mit diesen ernst gesprochenen Worten schloß der Prinz seine Anrede. Am nächsten Morgen erfuhren die Mitglieder des Klubs die prinzliche Freigebigkeit in reichstem Maße, und der Präsident trat unter der Aufsicht des jungen Geraldine und zweier bewährten Diener des prinzlichen Gefolges seine Reise an. Überdies ließ der Prinz das Klubhaus sorgfältigst überwachen, und alle Korrespondenzen, die an den Selbstmordklub gerichtet waren, und alle, die den Klub besuchen wollten, wurden dem Prinzen zugewiesen und von ihm persönlich in Empfang genommen.

Zweites Kapitel

Der Arzt und der Reisekoffer

Herr Silas Scuddamore war ein junger Amerikaner von einfachem und harmlosem Charakter, was ihm um so höher anzurechnen war, als er aus Neuengland kam, einer Gegend der Neuen Welt, deren Bewohner nicht gerade wegen dieser Eigenschaften berühmt sind. Obwohl außerordentlich reich, notierte er sich doch alle seine Ausgaben auf einem kleinen Stück Papier, das er immer bei sich trug, und schaute sich die Reize der Weltstadt Paris vom siebenten Stockwerk eines sogenannten *Hôtel garni* im *Quartier latin* an. Seine übermäßige Knauserei war zum großen Teil Sache der Gewohnheit und seine ausnehmende Enthaltsamkeit hauptsächlich eine Folge seines Mißtrauens und seiner Jugend.

Das anstoßende Zimmer bewohnte eine Dame mit anziehenden Gesichtszügen und sehr eleganter Toilette, die er zuerst für eine Gräfin hielt. Später erfuhr er, daß sie Madame Zephyrine hieß und, was auch ihre Lebensstellung sein mochte, jedenfalls keine Standesperson war. Madame Zephyrine pflegte, wahrscheinlich in der Hoffnung, den jungen Amerikaner zu bezaubern, auf der Treppe mit freundlichem Nicken, einem hingeworfenen Wort und mit einem durchbohrenden Blick aus ihren schwarzen Augen vorüberzueilen und unter dem Rauschen des Seidenkleides und mit Preisgebung eines bewundernswerten Fußes und Knöchels zu verschwinden. Aber dieses Entgegenkommen ermutigte Herrn Scuddamore so wenig, daß er sich gedrückt und verschämt noch mehr in sich zurückzog. Sie war mehrmals in sein Zimmer gekommen und hatte um Licht oder wegen vorgeblicher Unarten ihres Pudels um Verzeihung gebeten; aber sein Mund blieb in Gegenwart eines so überlegenen Wesens geschlossen, all sein Französisch war ihm entfallen, und er konnte nur starren und stottern, bis sie wieder fort war. Trotz dieses mageren Verhältnisses konnte er es nicht unterlassen, wenn er sich inmitten einiger Vertrauten sicher fühlte, mit triumphierenden Andeutungen um sich zu werfen.

Das Zimmer auf der anderen Seite – in jedem Stockwerk lagen drei Zimmer – hatte ein alter englischer Arzt von zweifelhaftem Rufe inne. Dr. Noël hatte London, wo er sich einer ausgebreiteten und steigenden Praxis erfreute, verlassen müssen, und man munkelte, daß die Ortsveränderung auf Veranlassung der Polizei erfolgt sei. Jedenfalls begnügte er sich, nachdem er vorher eine ziemliche Rolle gespielt hatte, jetzt mit einer sehr bescheidenen Existenz im *Quartier latin* und verwendete einen großen Teil seiner Zeit auf das Studium. Herr Scuddamore hatte seine Bekanntschaft gemacht, und sie speisten manchmal zusammen in einem gegenüberliegenden Gasthaus.

Silas Scuddamore frönte neben andern kleinen Schwächen – selbstverständlich nur solchen mehr respektabler Natur – auch einer großen Neugierde. Er hatte einen natürlichen Hang zum Klatsch, und alles, besonders aber die Lebensverhältnisse, in denen er keine eigene Erfahrung hatte, erregte sein leidenschaftliches Interesse. So ist es nicht erstaunlich, daß er bei der Entdeckung eines Spaltes in der bretternen Zwischenwand zwischen seinem Zimmer und dem seiner Nachbarin diesen Spalt nicht etwa ausfüllte, sondern die Öffnung vergrößerte und zum Spionieren benutzte.

Eines Tages – es war im Ausgang des März – vergrößerte er das Späherloch noch mehr, um einen weiteren Teil des Zimmers übersehen zu können. Als er sich am Abend wie gewöhnlich auf seinen Beobachtungsposten begab, wunderte er sich, die Öffnung von der andern Seite verdunkelt zu finden, und wie beschämt fühlte er sich, als die Verdunkelung plötzlich aufhörte und ein leises Gelächter an seine Ohren schlug. Offenbar war sein Geheimnis verraten, und die Nachbarin hatte Gleiches mit Gleichem vergolten. Als er aber am nächsten Tag fand, daß sie nichts getan hatte, ihm seinen liebsten Zeitvertreib zu verderben, machte er sich ihre Sorglosigkeit zunutze und frönte seiner müßigen Neugier nach- wie vorher.

An diesem Tage empfing Madame Zephyrine einen hochgewachsenen, mindestens fünfzigjährigen Mann, den Silas noch nicht gesehen hatte. Sein Anzug aus leichtem Wollenstoff und sein farbiges Hemd wie sein langer Backenbart kennzeichneten ihn als Briten, und sein mattes, graues Auge ließ Silas erschauern. Er verzog während des langen flüsternd geführten Zwiegesprächs beständig in seltsamer Weise den Mund. Mehr als einmal kam es dem Neuengländer vor, als wiesen die beiden auf sein eigenes Zimmer hin, aber das einzige, was er trotz gespanntester Aufmerksamkeit auffangen konnte, war eine Äußerung, die der Engländer scheinbar als Antwort auf eine Ablehnung in etwas lauterem Tone machte:

»Ich habe seinen Geschmack auf das gründlichste studiert, und ich wiederhole Ihnen, Sie sind das einzige weibliche Wesen, dessen ich mich bedienen kann.«

Darauf stieß Madame Zephyrine einen Seufzer aus und schien sich durch eine Handbewegung der höheren Autorität zu unterwerfen.

Am Nachmittage war sein Observatorium durch einen vorgestellten Kleiderschrank gänzlich verbaut, und während Silas noch über sein Mißgeschick klagte, das er dem grauäugigen Engländer zur Last legte, überbrachte ihm der Portier einen Brief, dessen Adresse weibliche Schriftzüge verriet. Das in unorthographischem Französisch abgefaßte anonyme Schreiben lud den jungen Amerikaner mit vielverheißenden Worten ein, sich um 11 Uhr an einem bestimmten Platze im *Bal Bullier* zum Stelldichein einzufinden. Neugier und Furcht kämpften lange in seinem Herzen, bald war er ganz Tugend, bald wieder Feuer und Mut, und das Ergebnis war, daß sich Silas lange vor 19 Uhr in tadellosem Anzug am Eingang des Bullier-Ballhauses einfand.

Es war Karnevalzeit, und das Gedränge, der Lärm, das strahlende Licht beängstigten zunächst unseren jungen Helden, stiegen ihm dann aber zu Kopf, versetzten ihn in eine Art von Taumel und verliehen ihm eine ganz ungewöhnliche Herzhaftigkeit. Er fühlte sich Manns, den Teufel zu bestehen, und stolzierte mit siegesgewisser Miene im Ballsaal einher. Da gewahrte er auf einmal Madame Zephyrine und den Engländer hinter einem Pfeiler. Sofort erwachte die Katzennatur in ihm, er schlich sich von hinten dem Paar immer näher, bis er in Hörweite gekommen war.

»Das ist der Mann,« sagte der Brite, »der dort mit dem langen, blonden Haar, der zu dem Mädchen in Grün spricht.«

Silas bemerkte einen sehr schönen jungen Mann von kleinem Körperbau, der offenbar das Ziel jener Worte war.

»Gut,« sagte Madame Zephyrine. »Ich werde mein Äußerstes tun. Aber keine von uns ist in solchem Falle ihres Erfolges ganz sicher.«

»Pah!« machte ihr Begleiter;»dafür stehe ich. Habe ich Sie nicht von dreißig ausgewählt? Aber hüten Sie sich vor dem Prinzen. Ich weiß nicht, welcher verdammte Zufall ihn heute in dieses obskure Ballhaus geführt hat. Sehen Sie ihn dort sitzen? Gleicht er nicht mehr einem Kaiser auf seinem Thron als einem vergnügungssüchtigen Prinzen?«

Silas hatte wieder Glück. Er bemerkte eine auffallend schöne, ziemlich stark gebaute Persönlichkeit von imponierender Haltung, neben der ein anderer, etwas jüngerer, ebenfalls schöner junger Mann saß, der dem ersteren sichtlich mit großer Ehrerbietung begegnete. Das Wort Prinz berührte Silas' republikanische Ohren sehr angenehm und übte die gewöhnliche Anziehungskraft auf ihn aus. Er suchte sich sofort dieser bezaubernden Persönlichkeit zu nähern und bahnte sich bis zu ihr einen Weg durch die Menge.

»Ich sage Ihnen, Geraldine,« hörte er den Prinzen sagen,»das ist die reine Tollheit. Sie haben selbst Ihren Bruder für diese gefährliche Aufgabe ausgewählt, und Sie haben daher die Pflicht, ihn nicht aus den Augen zu verlieren. Er hat sich so viele Tage in Paris hinhalten lassen; das war schon in Anbetracht des Charakters seines Gegners eine Unvorsichtigkeit; aber wie kann er, frage ich Sie, jetzt, zwei Tage vor seiner Abreise und nur zwei oder drei Tage vor der entscheidenden Stunde, seine Zeit an diesem Platze zubringen? Er sollte sich in einer Schießgalerie üben, lange schlafen, kleine Märsche ausführen, eine mäßige Diät ohne Weißwein und Brandy innehalten. Denkt denn der Hund, wir spielen Komödie mit ihm? Die Sache ist tödlich ernst, Geraldine.«

»Ich kenne den Burschen zu gut,« sagte der Begleiter des Prinzen, »um mich Befürchtungen hinzugeben. Er ist vorsichtiger, als Sie glauben, und unerschütterlich. Wäre ein Weib im Spiele, so wäre es etwas anderes, aber den Präsidenten vertraue ich ihm und den beiden Dienern unbedenklich an.«

»Es ist mir lieb, das zu hören,« versetzte der Prinz;»doch bin ich nicht völlig beruhigt. Die beiden Diener verstehen ihren Späherdienst vorzüglich, und hat sie dieser Elende nicht doch schon dreimal genarrt und viele Stunden auf besondere unbekannte, höchstwahrscheinlich gefährliche Pläne verwandt? Bei einem andern würde ich an Zufall denken, wenn aber Rudolf und Jerome die

Fährte verlieren, so war dies offenbar klug berechnet von einem Mann, der dringende Gründe dazu hat und dem besondere Hilfsmittel zu Gebote stehen.«

»Ich glaube, die Angelegenheit liegt nur noch meinem Bruder und mir ob,« versetzte des Prinzen Begleiter, der sich etwas verletzt zu fühlen schien.

»Ich habe nichts dagegen,« erwiderte der Prinz. »Aber Sie sollten vielleicht um so eher auf meine Warnungen hören. Doch genug. Jenes Mädchen in Gelb tanzt nicht übel.«

Damit wandte sich das Gespräch dem gewöhnlichen Thema eines Pariser Ballhauses zu.

Silas erinnerte sich wieder daran, wo er sich befand, und daß die zum Stelldichein bestimmte Stunde nahe war. Je mehr er darüber nachdachte, desto weniger gefiel ihm die Sache; und als ihn der Wirbel der sich drängenden Menge ergriff, ließ er sich ohne Widerstreben nach der Ausgangstüre zutreiben. Die Flut setzte ihn in einem Winkel unter der Galerie ab, wo sofort Madame Zephyrines Stimme an sein Ohr schlug. Sie sprach französisch mit dem jungen Mann in blonden Locken, auf den der Engländer eine halbe Stunde vorher hingewiesen hatte.

»Es handelt sich um meinen Ruf,« sagte sie, »sonst würde ich keine Bedingung stellen und nur meinem Herzen folgen. Aber Sie brauchen nur diese Worte zum Portier zu sprechen, und er läßt Sie ohne weiteres ein.«

»Aber wozu dieses Gerede von einer Schuldforderung?« sagte der Blonde.

»Himmel!« sagte sie, »denken Sie, ich kenne mein Hotel nicht?«

Und sie ging, zärtlich am Arme ihres Begleiters hängend, an Silas vorüber.

Da fiel Silas wieder sein Briefchen ein.

In zehn Minuten, dachte er, habe ich vielleicht ein Weib am Arme, das ebenso schön und noch besser gekleidet, das vielleicht eine wirkliche Lady oder gar eine Dame von Stande ist.

Dann dachte er an die Orthographie, und seine Hoffnung sank.

Aber es kann von ihrem Kammermädchen geschrieben sein, tröstete er sich.

Es fehlten nur noch wenige Minuten an der angegebenen Zeit, und diese unmittelbare Nähe seines ersten Abenteuers beschleunigte seinen Herzschlag in sonderbarer und ziemlich unangenehmer Weise. Erlösend war ihm der Gedanke, daß er ja nicht erscheinen müsse. Tugend und Feigheit zogen an einem Strang, und zum zweiten Male ging es der Türe zu, aber diesmal nach seinem eigenen Willen und wider die entgegenströmende Flut. Vielleicht ermüdete ihn der lange Widerstand, vielleicht war er in einer Gemütsverfassung, wo auf jeden einige Minuten festgehaltenen Entschluß regelmäßig eine Reaktion und ein Streben in entgegengesetzter Richtung eintritt. Wenigstens kreiselte er zum dritten Male herum und stand erst still, bis er dicht bei dem in dem Briefchen angegebenen Platze einen verborgenen Standort gefunden hatte.

Hier stand er in tausend Ängsten und betete mehrere Male zu Gott um Beistand, denn Silas Scuddamore hatte eine fromme Erziehung genossen. Er trug ganz und gar kein Verlangen mehr nach dem Zusammentreffen, und nur eine törichte Furcht, er möchte als unmännlich gelten, hielt ihn davon ab, sein Heil in der Flucht zu suchen, aber diese Scheu bannte ihn an den Platz fest, wenn er es auch andrerseits nicht über sich vermochte, aus seinem Versteck hervorzutreten. Als aber die Uhr auf zehn Minuten nach elf Uhr zeigte, fingen sich seine Lebensgeister wieder an zu heben; er lugte um die Ecke und sah niemanden am Platze des Stelldicheins; sicher hatte es der unbekannten Schreiberin zu lange gedauert, und sie war wieder weggegangen. Seine Kühnheit wurde ebenso groß wie vorher seine Furchtsamkeit. Er glaubte, wenn er nur überhaupt zu der bestimmten Stelle käme und sei es auch noch so spät, so könne ihm niemand den Vorwurf der Feigheit machen. Ja, er vermutete bereits, es sei nur ein schlechter Spaß, und tat sich viel auf seine Schlauheit zugute, vermöge deren er seine Widersacher noch überlistet habe. Soviel eitler Selbstbetrug wohnt manchmal in der Jünglingsseele!

Diese Erwägungen veranlaßten ihn, unerschrocken aus seinem Winkel hervorzutreten; aber er hatte noch nicht zwölf Schritte gemacht, als sich ihm eine Hand auf den Arm legte. Er wandte sich und bemerkte eine Dame von hoher Statur und ziemlich stattlicher Erscheinung, aber nichts weniger als strengen Blicken neben sich.

»Ich sehe,« sprach sie, »Sie sind ein verwöhnter Mädchenjäger, denn Sie lassen sich erwarten. Aber ich war entschlossen, Sie zu treffen. Hat sich eine Frau einmal so weit vergessen, daß sie den ersten Schritt des Entgegenkommens tut, so hat sie schon lange alle Bedenken kleinlichen Stolzes hinter sich gelassen.«

Silas war von der Gestalt und den Reizen seiner Korrespondentin, wie von der Plötzlichkeit und Heftigkeit ihrer Liebesgefühle ganz überwältigt. Aber sie brachte ihn bald ins Gleichgewicht. Ihr Benehmen war äußerst geschickt; sie gab ihm Gelegenheit, ein paar Scherzworte zu äußern, von denen sie sich ganz entzückt zeigte, und bald hatte sie ihn mittels schmeichelnder Worte und reichlichen Genusses von warmem Brandy so weit, daß er nicht nur in sie verliebt zu sein glaubte, sondern ihr auch die leidenschaftlichsten Liebeserklärungen machte.

»Ach,« sagte sie, »ich weiß nicht, ob ich nicht trotz der Wonne, mit der mich Ihre Worte erfüllen, jetzt noch beklagenswerter bin. Bisher litt ich nur allein, von nun an müssen wir beide leiden. Ach, ich bin nicht meine eigene Herrin. Ich kann Sie bei mir nicht empfangen, denn eifersüchtige Augen bewachen mich. Lassen Sie sehen,« fügte sie hinzu; »und bei dem vollsten Vertrauen in Ihren Mut und Ihre Entschlossenheit muß ich in unser beider Interesse meine Menschen- und Weltkenntnis verwerten. Wo ist Ihre Wohnung?«

Als er ihr mitteilte, in welchem *Hôtel garni* er wohne, schien sie ein paar Minuten angestrengt nachzudenken. Dann sagte sie:

»So geht es. Sie wollen mir treu und gehorsam sein?«

Er versicherte glühend seine Treue.

»Dann müssen Sie,« fuhr sie mit einem ermutigenden Lächeln fort, »morgen den ganzen Abend zu Hause bleiben und unter allen Umständen jeden Besuch von Freunden fernhalten oder sofort abweisen. Ihre Tür ist wahrscheinlich von 10 Uhr an geschlossen?«

»Von elf,« antwortete Silas.

»Um ¼ zwölf,« sagte sie weiter, »verlassen Sie das Haus. Sie rufen nur dem Portier zu, er solle die Türe öffnen, lassen sich aber keinesfalls in ein Gespräch mit ihm ein, da das verhängnisvoll werden könnte. Sie gehen bis zur Ecke, wo der Luxemburg-Garten an den Boulevard stößt; dort erwarte ich Sie. Ich verlasse mich darauf, daß Sie meine Weisung Punkt für Punkt gewissenhaft befolgen; das kleinste Versehen könnte eine Frau ins Verderben stürzen, deren einziges Vergehen ihre grenzenlose Liebe zu Ihnen war.«

»Aber wozu diese vielen Umstände?« sagte Silas.

»Ich glaube, Sie wollen mich schon den Herrn fühlen lassen,« rief sie und tippte ihm mit dem Fächer auf den Arm. »Geduld, dazu ist später Zeit. Tun Sie, ich beschwöre Sie, nach meinen Worten, oder ich stehe für nichts. Doch« ... sagte sie mit einem Ausdruck in ihrer Stimme, als wenn ihr ein weiteres Hindernis aufgestoßen wäre, »mir kommt ein besserer Plan, wie Sie ungelegene Besucher fernhalten können. Sagen Sie dem Portier, er solle niemand zu Ihnen lassen außer einem, der etwa wegen einer Schuldforderung käme, und zeigen Sie sich etwas ängstlich, als ob Ihnen diese Begegnung unangenehm wäre, so daß der Portier Ihre Worte für wahr hält.«

»Ich werde mir schon selbst Eindringlinge vom Leibe halten,« sagte er etwas verletzt.

»Gerade darum will ich es lieber so haben,« antwortete sie kühl. »Ich kenne euch Männer, ihr fragt wenig nach unserem Ruf.«

Silas errötete und ließ den Kopf hängen; denn nach seinem eigenen Plan hatte er sich in seiner Glorie vor den Kameraden zeigen wollen.

»Vor allem,« sagte sie, »sprechen Sie beim Fortgehen nicht mit dem Portier.«

»Und warum nur? das kann ich am allerwenigsten einsehen.«

»Glauben Sie mir,« erwiderte sie, »auch das wird Ihnen später klar werden, und was soll ich von Ihrer Liebe halten, wenn Sie mir beim ersten Zusammentreffen eine so kleine Bitte abschlagen?«

Während sich Silas noch in Erklärungen und Entschuldigungen erging, warf sie einen Blick auf die Uhr und stieß einen leisen Schrei aus.

»Himmel!« rief sie, »schon so spät? Ich darf keinen Augenblick säumen. Ach was für Sklaven sind wir armen Frauen! Was habe ich nicht schon für Sie aufs Spiel gesetzt?«

Und nachdem sie ihre Anweisungen noch einmal unter Liebkosungen und zärtlichen Blicken wiederholt hatte, verschwand sie in der Menge.

Am ganzen nächsten Tage fühlte sich Silas von dem Gefühle größter Wichtigkeit durchdrungen; er glaubte nun fest, daß sie eine Gräfin sei. Als der Abend kam, handelte er genau nach ihren Befehlen und war zur angegebenen Zeit am Luxemburg-Garten. Niemand war dort zu sehen. Er wartete eine halbe Stunde, schaute jedem Vorübergehenden prüfend ins Gesicht, suchte an den nächsten Ecken, umging den ganzen Garten, aber keine schöne Gräfin warf sich ihm in die Arme. Schließlich ging er zögernden Schrittes zu seiner Wohnung zurück. Dabei fielen ihm die Worte ein, die er Madame Zephyrine zu dem jungen blonden Mann hatte sprechen hören, und es befiel ihn eine gewisse Unruhe.

Wie's scheint, dachte er, sollte jeder dem Portier etwas vorlügen.

Er schellte, die Tür öffnete sich, und der schlaftrunkene Portier kam und bot ihm ein Licht an.

»Ist er fort?« fragte der Portier.

»Wen meinen Sie?« fragte der enttäuschte Silas etwas scharf.

»Ich sah ihn nicht wieder fortgehen,« fuhr der Portier fort, »aber ich denke doch, Sie haben ihn bezahlt. Wir haben hier nicht gern mit zahlungsunfähigen Mietern zu tun.«

»Wen zum Teufel meinen Sie?« fragte er rauh. »Ich verstehe kein Wort von Ihrem Geschwätz.«

»Ich meine den kleinen Blonden, der mit der Schuldforderung kam. Wen sollte ich weiter meinen, da ich sonst niemand zu Ihnen lassen sollte?«

»Aber der ist doch gar nicht gekommen.«

»Ich glaube, was ich glaube,« sagte der Portier grinsend.

»Sie sind ein unverschämter Schuft,« schrie Silas, und da er fühlte, daß er eine lächerliche Empfindlichkeit gezeigt hatte, und zugleich von einer unklaren Furcht ergriffen wurde, wandte er sich und lief die Treppe hinauf.

»Sie wollen also kein Licht,« rief der Portier.

Aber Silas beschleunigte nur seine Schritte und stand erst vor der Tür seines Zimmers still. Hier holte er tief Atem, und eine beklemmende Vorahnung bannte ihn ein paar Minuten an die Stelle.

Als er endlich in das Zimmer trat, war es zu seinem Trost dunkel und allem Anschein nach menschenleer. Ein erlösender Seufzer entfuhr ihm. Hier war er wieder im sichern Heim, und dies sollte, schwur er sich, seine erste und letzte Extravaganz gewesen sein. Die Zündhölzer standen auf dem Bettischchen, und er steuerte darauf zu. Beim Vorwärtsgehen wuchs wieder seine Angst, und er war froh, als sein Fuß gegen etwas stieß, daß er fühlte, es war nur ein Stuhl. Schließlich berührte er den Bettvorhang. Nach seiner Stellung zu dem schwach sichtbaren Fenster mußte er am Fußende des Bettes stehen und brauchte sich nur an diesem entlang zu tasten, um zu dem Bettisch zu gelangen.

Er streckte seine Hand aus, aber was er berührte, war nicht bloß eine Bettdecke – es war eine Bettdecke und darunter etwas, wie die Umrisse eines menschlichen Beines. Silas zog seinen Arm zurück und stand einen Moment versteinert.

Was, dachte er, hat das zu bedeuten?

Er lauschte gespannt, aber er vernahm keinen Atemzug. Noch einmal streckte er die Fingerspitze nach demselben Punkte aus, aber diesmal fuhr er weit zurück und stand schaudernd und schreckerstarrt. Es war etwas in seinem Bett. Was es war, wußte er nicht, aber an der Tatsache konnte er nicht zweifeln.

Es dauerte einige Sekunden, ehe er sich zu bewegen vermochte. Dann fuhr er, vom Instinkt geleitet, direkt auf die Zündhölzer los und zündete, den Rücken gegen das Bett gekehrt, eine Kerze an. Darauf drehte er sich langsam um, schaute nach dem Ort des Grauens und sah seine schlimmste Befürchtung verwirklicht. Die Decke war sorgfältig über die Kissen gezogen, aber deutlich gab sie die Umrisse eines menschlichen Körpers wieder, und als er vorwärts stürzte und die Decke zurückschlug, lag der junge blonde Mann, den er tags zuvor im Ballraum gesehen hatte, vor ihm mit offenen

Augen und gebrochenem Blick, mit geschwollenem schwärzlichem Antlitz, während ein dünner Blutstrahl aus der Nase sickerte.

Silas stieß einen lauten zitternden Wehruf aus, ließ die Kerze fallen und sank am Bette nieder.

Aus seiner Erstarrung weckte ihn ein andauerndes leises Klopfen an der Tür. Erst nach einigen Minuten kam ihm seine Lage zum Bewußtsein, und als er eiligst die Türe verriegeln wollte, war es zu spät.

Angetan mit einer langen Nachtmütze, eine Lampe in der Hand, die sein langes bleiches Gesicht erleuchtete, mit schwankendem Gange und vogelartig nickendem Kopfe öffnete Dr. Noël langsam die Tür und trat bis in die Mitte des Zimmers.

»Es war mir, als hörte ich einen Schrei,« sagte er, »und da ich eine plötzliche Erkrankung befürchtete, so eilte ich zum Beistand herbei.«

Silas, der von Glut übergossen und mit schrecklich schlagendem Herzen zwischen dem Doktor und dem Bett stand, konnte keinen Ton hervorbringen.

»Ihr Aussehen sagt mir,« fuhr Dr. Noël fort, »daß Sie in der Tat des Arztes bedürfen. Was ist Ihnen? Lassen Sie mich Ihren Puls fühlen.«

Er trat auf Silas zu, der zurückwich, und griff nach seinem Handgelenk; aber für den jungen Amerikaner war die nervöse Reizung zu gewaltig, er zog seine Hand mit fieberhafter Hast zurück, warf sich auf den Boden und brach in einen Strom von Tränen aus.

Sobald Dr. Noël den toten Körper bemerkte, gewann sein bleiches Antlitz Farbe; er sprang sofort zur Tür, die er weit offen gelassen, und verriegelte sie.

»Zum Weinen,« sagte er, »ist jetzt keine Zeit. Was haben Sie getan? Wie kam der Leichnam in Ihr Zimmer? Sprechen Sie ohne Rückhalt zu einem Freunde. Glauben Sie, ich werde Sie ins Verderben stürzen? Glauben Sie, das tote Stück Fleisch auf Ihrem Kissen beeinflußt irgendwie meine Sympathie für Sie? Ich sage Ihnen, wenn ein Busenfreund von mir aus einem Meer von Blut zu mir zurückkehrte, so würde ich ihn mit unverminderter Herzlichkeit aufnehmen. Stehen Sie auf! Gut und Böse sind nur schimärische

Begriffe, alles im Leben ist Bestimmung, und was sich auch ereignen mag, auf eines Hilfe können Sie zählen!«

Diese sonderbare, aber in Silas' Ohren wohlklingende Lebensphilosophie gab dem Neuengländer wieder etwas Mut, so daß er schließlich, wenn auch mit gebrochener Stimme, den Verlauf der Begebenheiten erzählen konnte. Das belauschte Gespräch zwischen dem Prinzen und Geraldine, dessen Zusammenhang mit seinem eigenen Mißgeschick ihm unbekannt war, überging er.

»Wenn ich nicht sehr irre,« rief Dr. Noël, »so hat sich einer der gefährlichsten Männer Europas Ihre Einfalt zunutze gemacht. Können Sie mir den Engländer, den Sie zweimal sahen und der, wie mir scheint, eigentlich diese Pille gedreht hat, näher beschreiben?«

Aber Silas, der trotz aller Neugierde nichts genau wahrnahm, konnte ihm keinen greifbaren Anhalt bieten.

»Ja,« rief der Doktor zornig, »der rechte Gebrauch der Sinne sollte in jeder Schule gelehrt werden. Wozu hat man denn die Augen und die Sprache, wenn man nicht die Gesichtszüge seines Feindes beobachten und beschreiben kann? Ich kenne ziemlich alle internationalen Verbrecherbanden, ich hätte ihn vielleicht identifizieren und damit neue Schußwaffen für Sie gewinnen können. Befleißigen Sie sich in Zukunft dieser Kunst!«

»In Zukunft!« wiederholte Silas. »Welche Zukunft blüht mir außer dem Galgen?«

»Die Jugend ist feige,« entgegnete der Doktor, »und das eigene Unglück sieht trüber aus, als es ist. Ich bin alt, und doch verzweifle ich niemals.«

»Kann ich denn der Polizei mit solcher Erzählung kommen?« fragte Silas.

»Gewiß nicht. Soviel ich sehe, liegt Ihr Fall in dieser Richtung verzweifelt; für die blöden Augen der Obrigkeit sind Sie zweifellos der Schuldige. Und dazu kennen wir nicht einmal das ganze Truggewebe, und Sie würden bei einer polizeilichen Untersuchung wahrscheinlich noch mehr belastet erscheinen.«

»So bin ich denn rettungslos verloren?«

»Das habe ich nicht gesagt,« erwiderte Dr. Noël.

»Aber sehen Sie doch nur,« rief Silas, auf den Leichnam weisend, »da liegt der schreckliche Gegenstand, den ich nicht beseitigen, nicht ohne Schauder anblicken kann.«

»Schauder?« versetzte der Doktor. »Nein. Wenn die Uhr abgelaufen ist, so sehe ich nur noch ein mechanisches Kunstwerk, ein lohnendes Objekt für das Seziermesser, vor mir. Ist das Blut einmal kalt und starr, so ist es kein Menschenblut mehr; ist das Fleisch einmal tot, so ist es nicht mehr das Fleisch, das uns bei teuren oder befreundeten Personen mit Liebe oder Achtung erfüllt. Das Anmutige, das Anziehende, das Schreckliche ist alles mit dem belebenden Geist zugleich entwichen. Versuchen Sie sich an den Anblick zu gewöhnen, denn erweist sich mein Plan als ausführbar, so müssen Sie den Leichnam noch einige Tage in Ihrer nächsten Nähe dulden.«

»Ihr Plan?« rief Silas. »Wie ist der? Reden Sie schnell, Doktor, denn ich verzweifle schon am Leben.«

Ohne ein Wort der Erwiderung wandte sich Dr. Noël zum Bett und begann den Leichnam zu untersuchen.

»Ganz tot,« murmelte er. »Ja, und wie ich mir dachte, die Taschen leer. Ja, und der Namenszug aus dem Hemd geschnitten. Sie haben ihre Sache gründlich getan. Glücklicherweise ist er klein.«

Silas folgte seinen Worten und Bewegungen mit ängstlichster Spannung. Schließlich war der Doktor mit seiner Untersuchung fertig, setzte sich auf einen Stuhl und wandte sich lächelnd an den jungen Amerikaner:

»Seit ich ins Zimmer trat, sind zwar meine Ohren und meine Zunge geschäftig genug gewesen, dabei waren aber die Augen doch nicht müßig. Ich bemerkte in der Ecke eines von jenen Ungetümen, wie Sie Ihre Landsleute in aller Welt mit sich herumzuschleppen pflegen – einen Saratogakoffer. Bisher war mir der Nutzen dieser Ungeheuer verschlossen, jetzt aber geht mir ein Licht auf. Entweder verdanken sie ihr Dasein einem Bedürfnis des Sklavenhandels, oder sie sollten die rasche Tat eines Bowiemessers verdecken. Jedenfalls waren sie bestimmt, einen menschlichen Körper aufzunehmen.«

»Aber,« rief Silas, »jetzt ist doch keine Zeit zum Scherzen.«

»Meine Worte,« entgegnete der Doktor, »haben eine sehr ernstliche Bedeutung. Und das erste, was wir jetzt zu tun haben, junger Freund, ist die Ausleerung Ihres Koffers.«

Silas folgte willenlos den Anordnungen seines Freundes, und nachdem der Koffer seines ganzen Inhalts beraubt war, packten sie den Leichnam, Silas an den Füßen und der Doktor unter den Armen, trugen ihn vom Bett, legten ihn nicht ohne Mühe zusammen und versenkten ihn so in den leeren Koffer. Mit vereinter Anstrengung drückten sie den Deckel nieder, worauf der Doktor den Koffer schloß und zuschnürte, während Silas die ausgeräumten Sachen woanders unterbrachte.

»So wäre der erste Schritt zu Ihrer Rettung getan,« sagte der Doktor. »Morgen oder vielmehr heute müssen Sie alles aufbieten, dem Portier durch Geld und gute Worte jeden Verdacht zu benehmen. Das übrige überlassen Sie ruhig mir. Fürs erste kommen Sie in mein Zimmer, wo ich Ihnen ein kräftiges Opiat geben werde; denn vor allem bedürfen Sie stärkender Ruhe.«

Der nächste Tag schien Silas der längste in seinem ganzen Leben. Er verleugnete sich vor seinen Freunden und saß in schrecklicher Gemütsverfassung in einem Winkel, die Augen starr auf den Koffer gerichtet. Die Waffen seiner eigenen Neugier kehrten sich nun gegen ihn selbst, denn er merkte, daß das Observatorium wieder frei war und sich beständig Späheraugen aus Madame Zephyrines Zimmer auf ihn richteten, so daß er schließlich das Loch seinerseits verbarrikadieren mußte, worauf er die Zeit zum großen Teil mit Weinen und Beten hinbrachte.

Spätabends trat Dr. Noël ins Zimmer und hielt in seiner Hand zwei versiegelte, unbeschriebene Briefumschläge, einen etwas unförmigen und den andern so dünn, daß er leer zu sein schien.

»Silas,« sagte er, sich niedersetzend, »die Zeit ist nun gekommen, um Ihnen meinen Rettungsplan vorzulegen. Morgen wird zu früher Stunde der Prinz Florisel von Böhmen, der sich ein paar Tage an den Pariser Karnevalsfreuden ergötzt hat, nach London zurückkehren. Vor längerer Zeit hatte ich das Glück, seinem Oberstallmeister, dem Obersten Geraldine, einen gewissen Gefallen zu erweisen, der mir seine dauernde Erkenntlichkeit sichert. Nun ist es für Sie nötig, London ohne Gepäckrevision zu erreichen, und da fiel mir ein, daß die zollamtliche Revision bei einer Person vom Range eines Prinzen eine bloße Formalität ist. Ich wandte mich daher Ihrethalben an den Obersten, der auch meiner Bitte willfahrte. Wenn Sie sich morgen vor sechs Uhr in das Hotel des Prinzen begeben, wird Ihr Gepäck als zu dem seinigen gehörig befördert werden, und Sie selbst werden in seinem Gefolge hinüberreisen.«

»Wie ich Sie die Namen des Prinzen und des Obersten aussprechen hörte,« sagte Silas, »fiel mir ein, daß ich beide schon einmal gesehen und vor kurzem im Ballsaal einem Gespräche der beiden zugehört habe.«

»Das ist leicht möglich; den Prinzen kann man überall finden. Sind Sie einmal in London,« fuhr der Doktor fort, »so bleibt Ihnen nicht mehr viel zu tun. In dem dicken Umschlag habe ich Ihnen einen Brief mitgegeben, den ich nicht zu adressieren wage; aber in dem andern findet sich angegeben, wohin Sie ihn nebst dem Koffer zu bringen haben, dort wird man Sie auf immer von dem letzteren befreien.«

»Ach,« rief Silas, »wie gern möchte ich Ihnen glauben, aber kann ich denn? Erbarmen Sie sich meines Kleinmuts und lüften mir ein wenig den Schleier dieser geheimnisvollen Rettung.«

Der Doktor schien peinlich berührt.

»Junger Mensch,« sagte er, »Sie wissen nicht, wie Schweres Sie von mir fordern. Und dennoch will ich Ihnen auch noch diesen Beweis meiner Freundschaft geben. So wissen sie denn, daß ich, der jetzt ein so einfaches, einsames Studienleben führt, in meinen jungen Jahren den Mittelpunkt der verschlagensten und gefährlichsten Kreise Londons bildete und, während ich nach außen als höchst ehrbar erschien, meinen ganzen Einfluß den ruchlosesten verbrecherischen Beziehungen verdankte. An einen derartigen früheren Genossen weise ich Sie mit diesem Briefe. Wir bildeten eine internationale Bande, deren Mitglieder durch einen fürchterlichen Eid zu gemeinsamem Handeln verbunden waren; unser Geschäft war der Mord, und ich, der anscheinend so unschuldig vor Ihnen steht, war der Anführer.«

»Was,« rief Silas, »ein Mörder und Mord Ihr Handwerk? Kann ich Ihre Hand ergreifen, Ihre Dienste annehmen? Wollen Sie mich Unglücklichen zu Ihrem Genossen machen?«

Der Doktor sagte mit bitterm Lachen:

»Sie sind schwer zu befriedigen, aber Sie haben die Wahl zwischen dem Gemordeten und dem Mörder. Erlaubt Ihnen Ihr zartes Gewissen nicht, meine Hilfe anzunehmen, gut, so sehen Sie zu, wie Ihr aufrichtiges Gewissen ohne mich mit dem Koffer und seinem Inhalt fertig wird.«

»Es war unrecht von mir,« entgegnete Silas, »Ihre großmütige Hilfsbereitschaft zu vergessen, und dankbar lausche ich Ihren weiteren Vorschlägen.«

»Das ist vernünftig,« sagte der Doktor, »ich sehe, Sie fangen doch endlich an, durch Schaden klug zu werden.«

»Zugleich,« nahm Silas wieder das Wort, »da Sie doch an so tragische Geschäfte gewöhnt sind und mich an frühere Genossen und Freunde weisen, wäre es nicht am besten, wenn Sie selbst den Transport besorgten?«

»Wahrhaftig,« erwiderte der Doktor, »ich bewundere Sie aufrichtig. Ich glaube aber, ich habe mich schon mehr als genugsam um Ihre Angelegenheit bekümmert. Nehmen Sie meine Dienste, so wie ich Sie Ihnen anbiete, oder gar nicht, und lassen Sie mich mit Ihrer Dankbarkeit in Frieden, denn Ihre Erkenntlichkeit schlage ich noch geringer an als Ihre Einsicht.«

Damit erhob sich der Doktor, wiederholte noch einmal kurz seine Anweisungen und verließ rasch das Zimmer.

Am nächsten Morgen war Silas im Hotel des Prinzen vom Obersten Geraldine mit Höflichkeit empfangen und fürs erste jeder Sorge um seinen Koffer und dessen grauenhaften Inhalt überhoben.

Die Abreise ging ohne Unfall vonstatten, wenn auch der junge Amerikaner zitternd die Packträger über das ausnehmend schwere Gepäck des Prinzen klagen hörte. Silas fuhr in einem Wagen mit der Dienerschaft, da der Prinz mit seinem Stallmeister allein sein wollte. Aber an Bord des Dampfers zog er durch die niedergeschlagene

Haltung und den düsteren Blick, mit dem seine Augen auf das Gepäck gerichtet waren, die Aufmerksamkeit Seiner Hoheit auf sich.

»Der junge Mensch,« bemerkte er, »scheint recht bekümmert.«

»Das ist,« versetzte Geraldine, »der Amerikaner, dem Sie auf meine Bitte in Ihrem Gefolge zu reisen erlaubten.«

»Sie erinnern mich,« sagte Prinz Florisel, »daß ich eine Höflichkeit versäumte.«

Dabei schritt er auf Silas zu und sprach mit größter Herablassung:

»Es war mir sehr angenehm, Ihren mir vom Obersten Geraldine vorgetragenen Wunsch erfüllen zu können. Vergessen Sie nicht, daß es mir stets ein Vergnügen sein wird, Ihnen in belangreicherer Weise zu dienen.«

Auf einige Fragen über die politische Lage in Amerika, die er sodann an Silas richtete, antwortete dieser nicht ohne Urteil.

»Sie sind noch jung,« sagte der Prinz, »aber sehr ernst für Ihr Alter. Vielleicht beschäftigen Sie sich zu ausschließlich mit Studien, oder ich bin wohl indiskret und berühre eine wunde Stelle.«

»Ich bin wohl der Unglücklichste aller Sterblichen,« sagte Silas; »nie ist ein Unschuldiger in eine üblere Lage gekommen.«

»Ich will mich,« erwiderte der Prinz, »nicht in Ihr Vertrauen drängen; aber vergessen Sie nicht, daß des Obersten Wort die beste Fürsprache bei mir ist, und daß ich nicht nur den Willen, sondern auch einigermaßen die Macht besitze, mich Ihnen gefällig zu erweisen.«

Silas war entzückt über die Liebenswürdigkeit einer so hohen Persönlichkeit, aber bald kehrte sein Geist wieder zu seinen melancholischen Betrachtungen zurück.

Der Zug kam in Sharing Croß an, wo das Gepäck wie gewöhnlich ohne Revision passierte. Elegante Wagen standen bereit, und Silas fuhr mit den andern zum Schloß des Prinzen. Dort suchte ihn der Oberst auf und drückte ihm seine Befriedigung darüber aus, daß er einem Freunde des Doktors habe behilflich sein können.

»Ich hoffe,« fügte er hinzu, »Ihr Porzellan ist unversehrt geblieben; es war Befehl zu besonders vorsichtiger Behandlung gegeben.«

Hierauf gab er Anweisung, dem jungen Mann sofort eine Kutsche zur Verfügung zu stellen und den Koffer aufzuladen, reichte ihm die Hand und entfernte sich.

Silas erbrach den die Adresse enthaltenden Umschlag und hieß den Kutscher nach Box–Court fahren. Die Adresse schien dem Manne nicht unbekannt zu sein, er sah erstaunt auf und fragte noch einmal. Das Herz voll Unruhe stieg Silas in den prächtigen Wagen und ward nach dem angegebenen Ort befördert. Die Einfahrt in Box–Court war für die prinzliche Equipage zu eng. In geringer Entfernung stand ein Mann, der sofort herbeieilte und mit dem Kutscher ein Zeichen tauschte, während der Bediente den Schlag öffnete und fragte, in welches Haus er den Koffer tragen sollte.

»Nach Nummer drei.«

Der Bediente und der Mann, der in Box–Court gestanden hatte, wurden trotz Silas' Mithilfe nur schwer mit dem Koffer fertig, und entsetzt bemerkte der Neuengländer, daß sich eine Schar Neugieriger um sie gesammelt hatte, als sie das schwere Stück vor der Tür des fraglichen Hauses niedersetzten. Doch klopfte er mit möglichst gleichgültigem Ausdruck an die Tür und hielt dem öffnenden den zweiten Brief hin. »Er ist nicht da,« sagte der, »aber wenn Sie den Brief hier lassen und morgen früh wiederkommen, will ich Ihnen sagen, ob und wann Sie ihn sprechen können. Wollen Sie Ihren Koffer da lassen?«

»Sehr gern,« rief Silas, aber im nächsten Moment bereute er sein überstürztes Wort und erklärte ebenso nachdrücklich, er wolle ihn lieber mit sich nehmen.

Die Umstehenden spöttelten über seine Unentschiedenheit und folgten ihm mit anzüglichen Bemerkungen zum Wagen; und Silas, außer sich vor Scham und Angst, bat die prinzlichen Diener, ihn zu einem einfachen Gasthaus in der Nähe zu bringen.

Sie setzten ihn vor dem Craven–Hotel ab, fuhren davon und ließen ihn mit dem Hotelbedienten allein. Es war nur noch ein kleines Hinterzimmer im vierten Stock frei, wohin zwei starke Packträger des Hotels den Koffer mit Ach und Krach hinaufschafften. Es braucht nicht bemerkt zu werden, daß Silas bebenden Herzens folgte. Ein einziger Fehltritt, dachte er, und der Koffer fällt über das Geländer und liegt zerschmettert unten.

Im Zimmer angekommen, setzte er sich ganz erschöpft von der ausgestandenen Aufregung auf sein Bett, aber sofort brachte ihn ein neuer Schreck auf die Beine, als die Träger niederknieten und die sorgfältige Einschnürung des Koffers aufzulösen begannen.

»Halt!« rief er. »Ich brauche, solange ich hier bin, nichts vom Inhalt.«

»Dann konnten Sie ihn lieber unten lassen,« brummte einer der Männer, »der ist ja so groß und schwer wie 'ne Kirche. Ich kann mir gar nicht denken, was da drin ist. Wenn's lauter Geld ist, sind Sie reicher als wir.«

»Geld!« wiederholte Silas verwirrt. »Was meinen Sie mit Geld! Ich habe kein Geld, und Sie schwatzen dummes Zeug.«

»Schon recht, Herr Graf,« sagte der Mann augenzwinkernd. »Kein Mensch will Euer Ehren Geld anrühren. Ich bin so sicher wie 'ne Bank. Aber da der Koffer so schwer ist, soll mir's nicht drauf ankommen, ein Gläschen auf Euer Ehren Wohl zu trinken.«

Silas drückte ihm zwei Napoleondor in die Hand und entschuldigte sich wegen der fremden Goldstücke, er wäre eben erst aus Frankreich angekommen. Der Mann brummte noch ärger, sah verächtlich von dem Geld nach dem Koffer und ließ sich endlich herbei, mit seinem Genossen davonzugehen.

Fast zwei Tage hatte die Leiche im Koffer gelegen, und sobald der Unglückliche allein war, roch er ängstlich an allen Ritzen und Spalten herum, aber das Wetter war kühl, und der Koffer barg noch trefflich sein schreckliches Geheimnis.

Er setzte sich daneben, bedeckte das Gesicht mit den Händen und versank in düsteres Brüten. Wurde er nicht bald befreit, so war schnelle Entdeckung unvermeidlich. Allein, ohne Freunde und, versagte des Doktors Empfehlung, ohne Hilfe in der wildfremden Stadt war er verloren. Welcher gräßliche Wechsel! Statt, wie er immer geträumt hatte, in seiner neuenglischen Heimat von einer politischen Staffel zur andern aufzusteigen, statt einmal als Krönung seiner Laufbahn zum Präsidenten der Vereinigten Staaten proklamiert und in Gestalt einer Statue in amerikanischem Kunststil als Zierde des Kapitols der Nachwelt überliefert zu werden, saß er hier an die Leiche des Engländers gefesselt!

Es ist unmöglich, die Worte wiederzugeben, mit denen er den Doktor, den Ermordeten, Madame Zephyrine, die Gepäckträger, die prinzlichen Diener, kurz alle, mit denen er in der Zeit seines Unglücks zu tun gehabt hatte, verfluchte.

Um 7 Uhr schlich er zum Essen hinunter, aber die gelbe Farbe des Zimmers erfüllte ihn mit Entsetzen, die Mienen der anderen Gäste schienen argwöhnisch auf ihm zu ruhen, und seine Gedanken weilten bei dem Koffer. Als ihm der Kellner den Käse präsentierte, waren seine Nerven schon so erregt, daß er fast vom Stuhle sprang und den Inhalt eines Weinglases auf das Tischtuch schüttete.

Nach Beendigung des Mahles fragte der Kellner, ob er sich in das Rauchzimmer zu begeben wünsche, und obgleich er lieber in sein Zimmer zurückgekehrt wäre, wagte er nicht nein zu sagen, und ward in ein kellerartiges Gemach gewiesen, wo er außer zwei Billardspielern und einem Kellner zuerst niemand weiter bemerkte. Aber beim nächsten Blick nahm er noch eine rauchende Person wahr, die mit niedergeschlagenen Augen und ehrbarer Miene im äußersten Winkel saß. Sofort kam ihm das Gesicht bekannt vor, und er erkannte in ihr trotz dem Wechsel der Kleidung den Mann aus Box–Court, der den Koffer vom und Zum Wagen hatte tragen helfen. Ohne sich zu besinnen, kehrte sich der Neuengländer um, rannte die Treppen hinauf und ruhte nicht eher, als bis er sich in seinem Zimmer eingeschlossen hatte.

Dort saß er die ganze Nacht, eine Beute der schwärzesten Vorstellungen. Die Bemerkung des Packträgers, sein Koffer enthalte Gold, erfüllte ihn mit neuen Schrecken und ließ ihn kein Auge schließen, und die Gegenwart des offenbar verkleideten und sich vor ihm verbergenden Mannes von Box–Court bewies ihm, daß er zum zweiten Male den Gegenstand geheimer Machinationen bildete.

Nicht lange nach Mitternacht öffnete er, von einem unbestimmten Argwohn getrieben, seine Zimmertür und lugte in den Gang hinaus. Dieser war durch ein Gaslicht spärlich erleuchtet. Silas bemerkte in kurzer Entfernung einen Mann in der Livree der Hoteldiener und näherte sich ihm auf den Zehen. Der Mann lag etwas auf der

Seite, und der rechte Arm verdeckte sein Gesicht. Doch plötzlich, während sich Silas über ihn beugte, nahm er den Arm weg, öffnete seine Augen, und Silas schaute wieder dem Mann von Box–Court ins Antlitz.

»Guten Abend,« sagte der Mann höflich.

Aber Silas konnte in seiner Erregung keine Antwort finden und zog sich sprachlos in sein Zimmer zurück.

Gegen Morgen fiel er erschöpft, im Stuhl sitzend und den Kopf nach vorn auf den Koffer gelehnt, in einen, trotz der unbequemen Lage und dem gräßlichen Kissen, tiefen und langdauernden Schlaf. Erst spät weckte ihn ein starkes Klopfen an der Tür.

Er fuhr auf und fand draußen einen Dienstmann, der fragte:

»Sind Sie der Herr, der gestern in Box-Court vorsprach?«

Silas bejahte bebend.

»Dann ist das für Sie,« sagte der Bote und gab ihm einen versiegelten Brief.

Silas riß ihn auf und las nichts als die Worte: »Um zwölf Uhr.«

Er stellte sich pünktlich ein. Den Koffer trugen mehrere kräftige Männer vor ihm her; und er selbst ward in ein Zimmer geführt, in dem ein Mann vor dem Feuer saß, den Rücken nach der Türe gekehrt. Erst nach Verlauf einiger Minuten drehte sich dieser langsam herum, und Silas, der sich von Angst und Ungeduld fast verzehrt fühlte, schaute überrascht in die Augen des Prinzen Florisel von Böhmen.

»So, mein Herr,« sagte der Prinz mit sehr ernster Stimme, »in dieser Weise mißbrauchen Sie meine Freundlichkeit? Sie suchen sich an Höherstehende anzuschließen, nur um den Folgen Ihrer Verbrechen zu entgehen; nun ist mir auch klar, warum Sie gestern bei meiner Anrede so verlegen waren.«

»Ich bin,« rief Silas, »unglücklich, aber ohne Schuld!«

Und mit erstaunlicher Geläufigkeit und Geschicklichkeit erzählte er dem Prinzen die ganze Geschichte seines Unglücks.

»Ich sehe, ich war im Irrtum,« sagte Seine Hoheit, als er seinen Bericht beendet. »Sie sind nur das Opfer, und da ich Sie daher nicht zu strafen brauche, so seien Sie überzeugt, ich werde Ihnen nach Kräften helfen. Und nun öffnen Sie Ihren Koffer, wir wollen sehen, was er enthält.«

Silas wechselte die Farbe.

»Ich fürchte mich fast vor dem Anblick,« rief er aus.

»Aber er ist Ihnen doch nicht neu,« sagte der Prinz. »Einer solchen Gefühlsregung müssen Sie nicht Raum geben. Der Anblick eines Kranken, dem wir noch helfen können, verdient unser Gefühl eher als ein Toter, der unserm helfenden oder verletzenden Arm, unserer Liebe wie unserm Haß gleichmäßig entrückt ist. Seien Sie ein Mann, Herr Scuddamore!« Und als Silas immer noch zögerte, fügte er hinzu: »Ich möchte nicht gern in anderm Tone als dem der Bitte zu Ihnen sprechen.«

Silas erwachte wie aus einem Traume und machte sich mit schauderndem Widerstreben an die Öffnung des Koffers. Der Prinz stand, die Hände auf dem Rücken, aufmerksam, aber ruhig daneben. Der Körper war ganz steif, und es kostete Silas große physische wie moralische Anstrengung, das Antlitz des Toten sichtbar zu machen.

Mit einem Aufschrei des Schmerzes fuhr der Prinz zurück.

»Sie wissen nicht, Herr Scuddamore, welch grausame Gabe Sie mir bringen. Dies ist ein junger Mann aus meinem Gefolge, der Bruder meines erprobten Freundes, und in meinem eigenen Dienste ist er in den Händen von gewalttätigen und verräterischen Männern umgekommen. Armer Geraldine,« sagte er wie im Selbstgespräch, »wie soll ich deinem Bruder die Trauerkunde bringen? Wie kann ich vor mir selber, wie kann ich vor Gott dieses bei der Ausführung meiner vermessenen Pläne vergossene Blut rechtfertigen? Florisel, Florisel, wann wirst du dich den Schranken des irdischen Lebens anzubequemen lernen und deine eigene Ohnmacht erkennen!«

Silas war von diesem Gefühlsausbruch tief bewegt. Er wollte einige Trostworte murmeln und brach in Tränen aus. Der Fürst, den seine gute Absicht rührte, trat auf ihn zu und sagte, seine Hand ergreifend:

»Beherrschen Sie sich. Wir haben beide viel zu lernen, und die nächste Probe soll uns besser vorbereitet finden.«

Silas dankte ihm schweigend mit beredtem Blick. »Schreiben Sie mir die Adresse des Dr. Noël auf dieses Papier,« fuhr der Prinz fort, »und kommen Sie wieder nach Paris, so meiden Sie die Gesellschaft dieses gefährlichen Mannes. Diesmal hat er allerdings einer edelmütigen Regung nachgegeben; denn wäre er Mitwisser am Morde gewesen, so hätte er den Leichnam nicht der Fürsorge des wirklichen Schuldigen überantwortet.«

»Des wirklichen Schuldigen?« wiederholte Silas erstaunt.

»Nicht anders,« sagte der Prinz. »Dieser Brief, der in meine Hände fiel, war an den Mörder selbst, den schändlichen Präsidenten des Selbstmordklubs gerichtet. Suchen Sie nicht weiter in diese gefährliche Angelegenheit einzudringen. Seien Sie froh, selbst heil entkommen zu sein, und verlassen Sie dieses Haus sofort! Ich habe dringende Geschäfte und muß zunächst betreffs dieses Häufleins Staub, das noch vor kurzem ein so ritterlicher und schöner Jüngling war, die nötigen Anordnungen treffen.«

Dankbar sagte Silas dem Prinzen Lebewohl und kehrte noch an demselben Tage nach Frankreich zurück.

Drittes Kapitel

Das öde Haus

Leutnant Brackenbury Rich hatte in einem der kleineren Kriege im indischen Hügellande mit großer Auszeichnung gefochten. Er hatte persönlich den feindlichen Anführer gefangengenommen, seine Tapferkeit wurde überall zum Himmel erhoben, und als er infolge einer häßlichen Säbelwunde und eines andauernden Dschungelfiebers die Heimreise antrat, war die Gesellschaft bereit, den Offizier als Stern zweiter Größe aufzunehmen. Aber da er wahrhaft bescheiden war, hielt er sich so lange in einem fremden Bade und in Algier auf, bis der Ruf seiner Taten nach nicht viel mehr als einer Woche verblaßt war und der Vergessenheit anheimzufallen anfing. Er traf schließlich im Beginn der Saison in London ein, ohne irgendwie durch Aufmerksamkeiten belästigt zu werden; und da er eine Waise war und nur entfernte Verwandte in der Provinz hatte, so fühlte er sich fast als Fremdling in der Hauptstadt des Landes, für das er sein Blut vergossen.

Am Tage nach seiner Ankunft speiste er in einem Offizierkasino. Er begrüßte mehrere alte Kameraden, die ihn beglückwünschten; aber da sie alle für den Abend versagt waren, blieb er schließlich auf sich angewiesen. Er war im Gesellschaftsanzug, denn er hatte die Absicht gehabt, ein Theater zu besuchen. Aber die Großstadt war für ihn, der aus der Provinzialschule in das Kadettenhaus und von da direkt nach Indien gekommen war, etwas Neues; und er versprach sich alle möglichen Genüsse in dieser ihm noch unbekannten Welt, als er, seinen Stock schwingend, westwärts schritt. Der beständige Wechsel der vom Lampenlicht erhellten Gesichter reizte immer wieder des Leutnants Einbildungskraft; und es kam ihm vor, als könnte er in der anregenden Großstadtluft und inmitten des geheimnisvollen Lebens von vier Millionen Seelen immer so fortwandern. Er schaute auf die Häuser und fragte sich, was wohl hinter den erleuchteten Fenstern vor sich gehe; er blickte in ein Gesicht nach dem andern, jedes von einem unbekannten verbrecherischen oder menschenfreundlichen Interesse belebt.

Was reden sie von Krieg, dachte er; hier ist das große Schlachtfeld der Menschheit.

Und dann wunderte er sich, daß er in diesem Wirrsal so lange wanderte, ohne daß seine Person irgendwie von dem Getriebe berührt wurde.

Alles zu seiner Zeit, dachte er weiter. Ich bin noch fremd und sehe vielleicht auch fremd aus. Aber bald werde ich ebenfalls in den Strudel hineingezogen sein.

Später stellte sich ein plötzlicher Regenguß ein. Brackenbury trat unter einen Baum, als er einen Droschkenkutscher bemerkte, der ihn durch Zeichen zum Einsteigen einlud. Da der Regen anhielt, erhob er zur Antwort seinen Stock und saß bald in der »Londoner Gondel«.

»Wohin?« fragte der Kutscher.

»Wohin Sie wollen,« antwortete der Offizier.

Und augenblicklich fuhr die Droschke mit auffallender Schnelligkeit davon und in das Meer der Landhäuser Westlondons hinein. Eine Villa glich der andern, jede war mit einem Vorgarten versehen, und die menschenleeren Straßen, durch die der Wagen dahinflog, boten so wenig Bemerkenswertes, daß Brackenbury bald alle Orientierungsversuche aufgab. Er hätte denken können, daß der Kutscher ihn zum Spaß immer wieder durch dieselben Straßen fahre, aber die geschäftsmäßige Eile deutete auf ein bestimmtes Ziel, über das sich der Gast allen möglichen Gedanken hingab. Er hatte von Fremden gehört, die in London in Mörderhände geraten waren. War auch ihm ein solches Los zugedacht?

Aus diesen Gedanken riß ihn das plötzliche Halten des Wagens vor dem Gartentor einer hellerleuchteten Villa in einer langen und breiten Straße. Soeben war eine andere Droschke wieder fortgefahren, und Brackenbury konnte noch sehen, wie ein Herr an der Eingangstür des Hauses von mehreren Dienern in Livree empfangen wurde. Es wunderte ihn, daß der Kutscher gerade vor einem Hause hielt, in dem offenbar eine Gesellschaft stattfand; doch hielt er dies für bloße Sache des Zufalls. Er blieb ruhig sitzen, bis der Kutscher rief:

»Hier sind wir!«

»Hier?« wiederholte Brackenbury. »Wo?«

»Sie sagten, ich sollte Sie fahren, wohin ich wollte, und hier sind wir nun.«

Brackenbury fiel die für einen Droschkenkutscher ungewöhnlich gewählte Sprechweise auf, auch der Wagen war, wie er nun bemerkte, viel prächtiger als die gewöhnlichen Droschken.

»Was bedeutet das?« sagte er. »Wollen Sie mich im Regen absetzen? Ich denke, mein guter Mann, das kommt auf mich an.«

»Sicher kommt es auf Sie an,« versetzte der Kutscher, »aber wenn ich den Sachverhalt auseinandersetze, wird ein Herr wie Sie wohl anders entscheiden. Der Besitzer eines Hauses dort gibt Gesellschaft. Ich weiß nicht, ob der Herr in London fremd oder ein Einheimischer ist. Jedenfalls habe ich den Auftrag, einzelne anständig gekleidete Herren aufzugreifen, insonderheit Offiziere. Sie brauchen nur hineinzugehen und zu sagen, Herr Morris habe Sie eingeladen.«

»Sind Sie Herr Morris?« fragte der Leutnant.

»O nein, Herr Morris ist der Hausherr.«

»Das ist eine ungewöhnliche Art, Gäste zusammenzubringen,« sagte Brackenbury. »Wenn ich nun die Einladung zurückweise, was dann?«

»Dann habe ich Anweisung, Sie an die Stelle zurückzubringen, wo ich Sie fand, und bis Mitternacht nach andern Gästen auszuschauen.«

Diese Worte brachten den Leutnant sofort zum Entschluß.

Wenigstens, dachte er, habe ich nicht lange auf ein Abenteuer zu warten brauchen.

Kaum war er ausgestiegen, so fuhr der Kutscher trotz des Leutnants Rufen ohne Fahrgeld in derselben Eile davon.

Aber seine Stimme war im Hause vernommen worden, und ein Diener eilte herbei und hielt ihm einen Schirm über den Kopf.

»Der Kutscher ist bezahlt,« bemerkte der Diener im höflichsten Tone und geleitete Brackenbury in das Haus, wo ihm andere Diener Hut, Stock und Überrock abnahmen und ihn eine mit tropischen Pflanzen geschmückte Treppe hinaufführten, wo ihn der Kammerdiener nach seinem Namen fragte und mit lauter Stimme »Leutnant Brackenbury Rich« rufend in das Empfangszimmer geleitete.

Ein schlanker und auffallend schöner junger Mann trat ihm hier entgegen und grüßte ihn höflich und freundlich. Hunderte von feinsten Wachskerzen erleuchteten den Raum, der wie die Treppe mit einer Fülle seltener und schöner Blumen geschmückt war. An der Seite stand ein mit lockenden Speisen beladener Tisch. Verschiedene Diener gingen mit Früchten und Wein ab und zu. Es waren etwa sechzehn Personen, meist in der Blüte der Jugend und fast ohne Ausnahme von kühnem vielversprechendem Gesichtsausdruck, anwesend. Sie bildeten zwei Gruppen, von denen eine Roulett und die andere Bakkarat spielte.

Ich sehe, dachte Brackenbury, ich bin in einer Spielgesellschaft, und der Kutscher war ein Schlepper. Nachdem ihn ein schneller Überblick zu diesem Schluß gebracht hatte, kehrte sein Auge zu seinem Wirt zurück, der ihn noch immer an der Hand hielt. Das Bild des eleganten liebenswürdigen Mannes, dessen Gesicht eine mutige Seele widerspiegelte, paßte so gar nicht zu dem Besitzer einer Spielhölle, und auch seine Redeweise schien auf etwas ganz anderes hinzudeuten. Gegen seinen eigenen Willen empfand Brackenbury eine merkwürdige Sympathie für seinen jungen Wirt.

»Ich habe von Ihnen gehört, Leutnant Rich,« sprach dieser mit leiserer Stimme, »und glauben Sie mir, Ihre Bekanntschaft ist mir außerordentlich wertvoll. Ihr Aussehen entspricht ganz dem Rufe, der Ihnen vorangeht. Und wenn Sie das Ungewöhnliche der Einladung übersehen wollen, so wird dies für mich nicht nur eine Ehre, sondern auch eine wahre Freude sein. Ein Mann, der mit barbarischen Feinden kurzen Prozeß zu machen gewohnt ist,« fügte er lachend hinzu, »wird es wohl mit einem Fehler der Etikette nicht so genau nehmen.«

Damit führte er ihn zum Speisetisch und bat ihn zuzulangen.

Brackenbury versuchte den Champagner und fand ihn vorzüglich, zündete sich nach dem Beispiel der andern eine Manila an, dann wandte er sich zum Roulett, wo er hin und wieder einen Einsatz wagte. Dabei bemerkte er, daß der Hausherr, der sich, anscheinend nur mit seinen Wirtspflichten beschäftigt, emsig hin und her bewegte, seine Gäste einer scharfen Musterung unterzog. Er achtete darauf, wie die Spieler ihren Verlust trugen, wie hohe Einsätze sie machten, er stellte sich hinter Paare, die in tiefem Gespräch begriffen waren, und ließ sich kaum *einen* charakteristischen Zug entgehen. Brackenbury nahm dies mit größtem Erstaunen wahr und fand auch bei schärferer Betrachtung seines ihn immer mehr interessierenden Wirtes, daß dieser trotz seines immer bereiten freundlichen Lächelns wie hinter einer Maske einen kummervollen, traurigen Ausdruck trug.

Dieser Morris, dachte er, verfolgt irgendeinen tieferliegenden Zweck, den ich ergründen will.

Von Zeit zu Zeit rief Herr Morris einen der Besucher beiseite, nahm ihn mit sich in ein Vorzimmer und kehrte allein zurück, während sich der Gast nicht mehr sehen ließ. Um zunächst hinter dieses Geheimnis zu kommen, stahl sich der Leutnant unbemerkt in das Vorzimmer und verbarg sich dort in einer tiefen, von grünen Vorhängen verhüllten Fensternische. Er brauchte nicht lange zu warten, bis er Herrn Morris mit einem Gaste hereinkommen sah, der ihm schon vorher durch sein etwas rohes Benehmen aufgefallen war. Das Paar blieb dicht vor dem Fenster stehen, so daß Brackenbury kein Wort von der folgenden Unterhaltung entging:

»Ich bitte tausendmal um Vergebung,« begann Herr Morris, »wenn ich eine Frage an Sie richte, denn ich kann mich nicht besinnen, Sie früher schon gesehen zu haben, und ich fürchte, es liegt hier irgendein Mißverständnis vor, zu dessen Lösung es zwischen Männern von Anstand und Ehre nur eines Wortes bedarf. In wessen Hause glauben Sie zu sein?«

»In Herrn Morris',« erwiderte der andere, der die Anrede mit steigender Verwirrung angehört hatte.

»Herrn John oder James Morris'?«

»Ich kann es Ihnen wirklich nicht sagen,« war die Antwort, »da ich mit dem Herrn persönlich so wenig bekannt bin wie mit Ihnen.«

»Ich sehe,« sagte Herr Morris. »Weiter unten in der Straße wohnt ein Herr gleichen Namens. Ich bin glücklich, infolge der Verwechslung Ihre Bekanntschaft gemacht zu haben, doch könnte ich es nicht verantworten, Sie länger von Ihren Freunden zu trennen. John,«

fügte er mit lauter Stimme zu dem sich nähernden Diener gewendet hinzu,»seien Sie dem Herrn behilflich.«

Und damit geleitete er den Gast auf das höflichste zur Tür hinaus. Als er wieder bei dem Fenster vorüber zum Empfangszimmer ging, hörte ihn Brackenbury wie unter dem Druck einer schweren Last tief seufzen.

Noch eine Stunde lang brachten die Droschken so viele neue Gäste, daß die Zahl der Besucher sich trotz der Privatgespräche Herrn Morris' etwa auf gleicher Höhe hielt. Aber dann wurden die Neuankömmlinge seltener, bis sie endlich ganz ausblieben, während das Aussieben mit unverminderter Schnelligkeit vor sich ging. Das Empfangszimmer fing an leer auszusehen, das Bakkarat mußte aufgegeben werden, weil es an einem Bankhalter fehlte; mehr als ein Gast empfahl sich aus eigenem Antrieb. Der Wirt aber verdoppelte seine Aufmerksamkeit gegen die Zurückbleibenden und verstand es, durch eine fast weibliche Liebenswürdigkeit alle Herzen für sich zu gewinnen.

Als sich die Anzahl der Gäste schon bedeutend gelichtet hatte, ging Leutnant Rich, um einen Augenblick frische Luft zu atmen, hinaus. Doch welcher überraschende Anblick bot sich ihm, sobald er die Schwelle des Vorzimmers überschritten hatte! Die Ziergewächse waren von der Treppe verschwunden, drei Möbelwagen standen vorm Gartentor, und die Diener waren dabei, das Haus auf allen Seiten seines Aufputzes zu berauben. Es erinnerte an ein ländliches Fest, für das ein Unternehmer Eintagsbauten errichtet hatte.

Brackenbury, dessen Interesse durch alle diese überraschenden Wahrnehmungen auf das höchste gesteigert war, benutzte die Gelegenheit und stieg eine weitere Treppe zu den oberen Räumen des Hauses hinan. Er ging durch alle Zimmer und fand nicht ein Stück Hausrat darin. Das Haus war schön bemalt und tapeziert, aber offenbar weder jetzt bewohnt, noch seit langer Zeit bewohnt gewesen. Nur mit großen Kosten konnte der Bau mit dem bestehenden Schimmer umkleidet worden sein.

Wer war aber dann Herr Morris? Was bewog ihn, für eine Nacht im äußersten Westen Londons den Hausherrn zu spielen und seine Gäste von der Straße auflesen zu lassen?

Dem Leutnant fiel ein, daß er schon zu lange vom Empfangszimmer ferngeblieben war, und er eilte zur Gesellschaft zurück.

Es hatten sich inzwischen noch mehrere Gäste entfernt, so daß mit dem Leutnant und dem Wirt nur noch fünf Personen im Zimmer waren. Herr Morris sah den Leutnant lächelnd an, als er wieder hereintrat, und erhob sich sofort.

»Meine Herren,« sagte er, »es ist Zeit, Ihnen den Zweck meiner Einladung mitzuteilen. Ich glaube, die Zeit wird Ihnen nicht lang geworden sein, aber ich gestehe, nicht Ihre Unterhaltung, sondern die Erfüllung einer egoistischen Absicht war das Ziel meiner Veranstaltung. Sie sind, dafür bürgt mir Ihre Erscheinung, sämtlich Ehrenmänner. Darum spreche ich mich unverhohlen aus. Ich bitte Sie um einen gefährlichen Dienst, bei dem Sie vielleicht Ihr Leben aufs Spiel setzen und dabei noch betreffs alles dessen, was Sie sehen und hören, strengste Verschwiegenheit würden beobachten müssen. Ich weiß wohl, das ist ein höchst sonderbares Begehren von einem Ihnen völlig Fremden, und sollte daher einer von Ihnen Bedenken tragen, sich weiter auf ein so abenteuerliches, gefährliches Unternehmen einzulassen, hier ist meine Hand: ich werde ihm ohne Groll Lebewohl sagen.«

Ein sehr langer Wann mit schwarzem Haar entsprach diesem Appell sofort und sagte:

»Ich lobe Ihre Offenheit und werde meinerseits gehen, denn ich leugne nicht, die Sache kommt mir recht bedenklich vor. Wie gesagt, ich gehe, und Sie werden vielleicht denken, ich hätte kein Recht, noch weitere Worte darüber zu verlieren.«

»Im Gegenteil,« versetzte Herr Morris, »ich bin Ihnen für alle Worte verbunden. Man kann meinen Vorschlag gar nicht ernst genug nehmen.«

»Nun, meine Herren, was sagen Sie?« wandte sich der Lange an die andern. »Wir haben einen vergnügten Abend gehabt. Wollen wir ruhig zusammen nach Hause gehen? Sie werden morgen mein Beispiel preisen, wenn Sie wieder in Unschuld und Sicherheit die Sonne sehen.«

Die letzten Worte sprach er mit erhobener Stimme und ergreifendem Ausdruck. Ein zweiter Gast sprang vor Hast und Unruhe auf und verließ mit dem ersten das Zimmer, so daß nur noch Brackenbury und ein alter rotnasiger Kavalleriemajor zurückblieben, die nach einem schnellen Blick gegenseitigen Einverständnisses mit gleichgültiger Miene dasaßen, als ginge sie die ganze Verhandlung nichts an.

Kaum hatte Herr Morris hinter den Ausreißern die Tür geschlossen, so redete er die Offiziere mit folgenden Worten an:

»Ich habe meine Leute ausgewählt wie Josua, und ich glaube, ich habe nun die Auslese von ganz London. Sie gefielen meinen Boten, Ihre Erscheinung gewann sofort mein Herz; ich habe Ihr Spiel und wie Sie Ihre Verluste trugen, scharf beobachtet, und jetzt haben Sie meine Erklärung aufgenommen, als handelte es sich um eine Einladung zu einem Schmause. Nicht umsonst bin ich seit Jahren der Schüler des tapfersten und weisesten Fürsten Europas gewesen.«

Nachdem der Major etwas über die jammervollen Hunde, die vor der Schlacht desertieren, gebrummt hatte, stellte er sich dem Leutnant als Major O'Rooke, einen Veteranen aus den indischen Feldzügen, vor und sprach sodann, zu dem Hausherrn gewandt:

»Und nun, was gibt es? Ein Duell?«

»Ein ganz besonderes Duell,« erwiderte Herr Morris, »ein Duell mit unbekannten und gefährlichen Feinden, und, wie ich glaube, ein Duell auf den Tod. Nennen Sie mich,« fuhr er fort, »nicht mehr Morris, sondern Hammersmith; meinen wahren Namen wie den einer andern Person, der ich Sie bald vorzustellen hoffe, bitte ich Sie noch zurückhalten zu dürfen. Vor drei Tagen verschwand dieser Freund plötzlich aus seiner Wohnung, ohne daß ich bis heute morgen irgendeine Ahnung von seinem Aufenthaltsort hatte. Sie werden sich meine Beunruhigung vorstellen, wenn ich Ihnen mitteile, daß er im Begriff ist, auf eigene Faust Gerechtigkeit auszuüben. Infolge eines unglückseligen Eides glaubt er sich verpflichtet, ohne den Beistand der Gesetze die Erde von einem tückischen und blutdürstigen Verbrecher zu befreien. Zwei von unsern Freunden, darunter mein eigener Bruder, sind dabei bereits zum Opfer gefallen, und er selbst ist, wenn ich mich nicht sehr täusche, in dieselben tödlichen Schlingen gefallen. Aber wenigstens lebt er noch, wie Sie aus dieser Mitteilung ersehen.«

Und der Sprecher, der kein anderer als Oberst Geraldine war, zog einen Brief hervor und las:

»Major Hammersmith, Mittwoch, um 3 Uhr morgens, wird Sie ein Mann, der durchaus in meinem Interesse handelt, durch eine kleine Tür in den Garten vom Rochester-Haus, Regents-Park, einlassen. Kommen Sie keine Sekunde später. Bringen Sie meine Degen und, wenn das möglich ist, einen oder zwei zuverlässige und verschwiegene Männer mit, die mich nicht kennen. Wein Name darf nicht genannt werden.

T. Godall.«

»Im übrigen,« fuhr Oberst Geraldine fort, »weiß ich ebensowenig über die Lage meines Freundes als Sie. Sobald ich dieses Lebenszeichen erhalten, beauftragte ich einen Unternehmer mit dem festlichen Aufputz dieser baufälligen Baracke. Mein Verfahren war zum mindesten originell, und ich freue mich nun meines Gedankens, der mir den Beistand zweier Männer wie des Majors O'Roote und des Leutnants Brackenbury Rich verschafft hat.«

Der Oberst sah nach seiner Uhr und bemerkte weiter:

»Es ist bald zwei Uhr. Wir haben eine Stunde vor uns, und ein schneller Wagen hält vor der Tür. Kann ich auf Ihre Hilfe rechnen?«

»Während eines ganzen langen Lebens,« versetzte der Major, »habe ich niemals die einmal dargereichte Hand wieder zurückgezogen.«

Auch Brackenbury gab seiner Bereitwilligkeit geziemenden Ausdruck, und nachdem sie noch ein Glas Wein getrunken hatten, gab der Oberst jedem einen geladenen Revolver, und alle drei stiegen in den Wagen und fuhren nach der angegebenen Adresse davon.

Rochester-Haus war ein prächtiges Gebäude am Themsekanal, das durch einen ungewöhnlich großen Garten von den Nachbarhäusern isoliert war. Von der Straße aus konnte man keinen Lichtschimmer an einem der zahlreichen Fenster bemerken, und das ganze Grundstück zeugte von Vernachlässigung, wie wenn der Hausherr lange Jahre fern gewesen wäre.

Der Wagen hielt, die drei Männer stiegen aus, und bald war auch die kleine Gartentür aufgefunden. Es fehlten noch zehn bis fünfzehn Minuten, und da es stark regnete, traten die drei unter herabhängende dichte Efeuranken und unterhielten sich leise von den Dingen, die da kommen sollten.

Plötzlich erhob Geraldine seinen Finger, wie um Stillschweigen zu gebieten, und alle drei lauschten auf das gespannteste. Durch das Klatschen des Regens hörte man von der andern Seite der Gartenmauer die Schritte und Stimmen zweier Männer, und Brackenbury, der ein besonders feines Gehör besaß, konnte sogar manches von ihrem Gespräch verstehen.

»Ist das Grab fertig?« fragte der eine.

»Ja,« antwortete der andere, »hinter der Lorbeerhecke. Wir können ihm dann noch ein Märtyrerkreuz daraufsetzen.«

Der erste Sprecher lachte und der Klang seines Lachens ging den Lauschern durch Mark und Bein.

»In einer Stunde,« sagte er.

Und aus dem Geräusch der Schritte merkte man, daß sich das Paar nach verschiedenen Richtungen entfernte.

Kurz darauf öffnete sich die Gartentür, ein weißes Antlitz spähte hinaus, und eine Hand winkte den dreien. Ohne jedes Wort traten sie durch die Tür, die sich sofort hinter ihnen schloß, und folgten ihrem Führer durch verschiedene Gartenwege zum Kücheneingang des Hauses. In dem großen, sonst ganz öden Küchenraum brannte eine Kerze, und als sie die Wendeltreppen hinanstiegen, ließ das raschelnde Geräusch zahlreicher davoneilender Ratten noch mehr auf die Unbewohntheit des Hauses schließen.

Der Voranschreitende war ein magerer, sehr gebückter, aber noch lebhafter Mann, der sich von Zeit zu Zeit umwandte und durch seine Handbewegungen zum Schweigen und zur Vorsicht mahnte. Der Oberst folgte ihm, den Kasten mit den Degen unter einem Arm und die Pistole in der andern Hand, auf den Fersen. Brackenburys Herz schlug heftig. Er merkte, daß sie noch zur rechten Zeit gekommen, schloß aber aus der behenden Eile des Alten, daß die entscheidende Stunde nahe war.

Oben angekommen, öffnete der Führer eine Tür und ließ die drei Offiziere in ein von einer rauchigen Lampe und der Glut eines kleinen Kaminfeuers erhelltes Zimmer vorangehen. Am Kamin saß ein Mann in der Blüte des Lebens von untersetzter, aber imponierender Gestalt. Seine Haltung und Miene drückten völlige Seelenruhe aus, und er schien seine Havanna mit großem Genuß zu rauchen.

»Willkommen!« rief er und streckte Oberst Geraldine seine Hand entgegen. »Ich wußte, daß ich mich auf Ihre Pünktlichkeit verlassen könnte.«

»Auf meine Ergebenheit,« sagte der Oberst, sich verneigend.

»Stellen Sie mich Ihren Freunden vor,« fuhr der erste fort; und nachdem dies geschehen, fügte er mit ausgesuchter Leutseligkeit hinzu: »Ich wünschte, meine Herren, ich könnte Ihnen ein angenehmeres Programm vorschlagen und müßte nicht unsere Bekanntschaft in so ernster Weise einleiten. Aber die Verhältnisse sind diesmal stärker als die Gebote der Höflichkeit. Ich hoffe fest, Sie verzeihen mir diesen unangenehmen Abend; Männern Ihrer Art wird das Bewußtsein genügen, mir eine große Gefälligkeit erwiesen zu haben.«

»Eure Hoheit,« sagte der Major, »muß meine Plumpheit verzeihen. Ich kann mich nicht verstellen. Schon der Major Hammersmith machte mich stutzig, aber Herr Godall läßt keinen Zweifel übrig. Es ist zu viel vom Zufall verlangt, wenn man zwei Männer in London sucht, die den Prinzen Florisel von Böhmen nicht kennen.«

»Prinz Florisel!« rief Brackenbury erstaunt.

Und er schaute mit größtem Interesse in die Züge der vielgepriesenen Persönlichkeit.

»Ich will den Verlust meines Inkognitos nicht beklagen,« sagte der Prinz, »denn ich kann Ihnen um so besser danken. Sie würden sicher für Herrn Godall ebensoviel wie für den Prinzen getan haben, aber der letztere kann vielleicht mehr für Sie tun. Der Gewinn ist mein,« fügte er mit höflicher Handbewegung hinzu.

Im nächsten Augenblick war er mit beiden Offizieren in ein lebhaftes Gespräch über indische Verhältnisse vertieft, über die er sich vorzüglich orientiert erwies.

Brackenbury konnte nicht umhin, die größte Bewunderung für einen Mann zu empfinden, der in der Stunde der höchsten Gefahr eine solche Selbstbeherrschung und Kaltblütigkeit zeigte.

Nach einigen Minuten erhob sich der Mann, der die drei eingelassen und der in einer Zimmerecke mit der Uhr in der Hand gesessen hatte, und flüsterte dem Prinzen etwas ins Ohr.

»Es ist gut, Dr. Noël,« erwiderte der Prinz laut und fügte hinzu: »Entschuldigen Sie, meine Herren, wenn ich Sie im Dunkeln lasse. Der Moment naht.«

Dr. Noël löschte die Lampe aus. Ein schwacher grauer Schein, der Vorbote der Dämmerung, drang durch das Fenster, konnte aber das Zimmer nicht erhellen; und als der Prinz aufstand, vermochte man seine Züge nicht zu unterscheiden, noch die Art der Erregung, die aus seiner Stimme herausklang, zu erkennen. Er bewegte sich nach der Türe zu und stellte sich mit der Haltung gespannter Erwartung auf einer Seite auf.

»Sie werden,« sagte er, »so freundlich sein, vollkommenes Schweigen zu bewahren und sich im dichtesten Schatten zu verbergen.«

Die Offiziere und der Arzt gehorchten, und zehn Minuten hörte man im Rochester-Hause nichts als das Nagen der Ratten am Holzwerk. Da ward die Stille jäh durch das Knarren einer Türangel unterbrochen, und kurz darauf hörte man jemand leise und vorsichtig die Küchentreppe heraufkommen. Der Eindringling schien nach jedem Schritte innezuhalten und zu lauschen, und während dieser Pausen, die den horchenden Männern ewig lang zu sein schienen, wurden diese von tiefer Unruhe ergriffen. Dr. Noël, dem doch die Aufregung der Gefahr nichts Neues war, empfand eine fast jammervolle physische Schwäche; sein Atem pfiff in den Lungen, seine Zähne knirschten, und es knackte hörbar in seinen Gelenken, wenn er nervös seine Lage änderte.

Schließlich legte sich eine Hand auf die Türklinke, der Bolzen hob sich mit leichtem Knacken. Es folgte eine neue Pause, in der sich der Prinz, wie Brackenbury bemerkte, leise etwas zusammenduckte, und eine Gestalt erschien auf der Schwelle und stand regungslos. Es war ein hochgewachsener Mann, der ein Messer in der Hand hielt.

Selbst im Zwielicht sahen sie seine gefletschten Oberzähne schimmern, denn sein Mund war offen wie der eines sprungbereiten Hundes. Offenbar war er noch vor ein oder zwei Minuten bis über den Kopf im Wasser gewesen, und immer noch rannen Tropfen von seinen Kleidern auf den Boden.

Im nächsten Moment überschritt er die Schwelle. Ein Satz, ein erstickter Schrei, ein momentanes Ringen, und ehe noch Oberst Geraldine zu Hilfe springen konnte, hielt der Prinz den entwaffneten wehrlosen Wann an den Schultern.

» Dr. Noël,« sagte er,»seien Sie so gut und zünden wieder die Lampe an!«

Und nachdem er den Gefangenen Geraldines und Brackenburys Fürsorge überlassen hatte, schritt er durch das Zimmer und setzte sich mit dem Rücken nach dem Kamin. Sobald die Lampe brannte, bemerkten alle eine ungewohnte Strenge in den Mienen des Prinzen, der sich mit der Majestät eines Herrschers und mit tödlichem Ernste an den gefangenen Präsidenten des Selbstmordklubs wandte:

»Präsident,« sagte er,»Sie haben Ihre letzte Schlinge gelegt und sich selbst darin gefangen. Der Tag beginnt, mit ihm Ihr letzter Morgen. Sie sind eben durch den Kanal geschwommen; es war Ihr letztes Bad in dieser Welt. Ihr alter Genosse, Dr. Noël, hat mich so wenig verraten, daß er vielmehr Sie in meine Hände lieferte. Und das Grab, das Sie eben für mich graben ließen, soll Ihr eigenes verdientes Geschick vor den Augen der Menschheit verbergen. Knie nieder und bete; denn deine Zeit ist kurz, und Gott ist deiner Frevel satt.«

Der Präsident verharrte stumm und regungslos, mit gebeugtem Haupt und auf den Boden gehefteten Blicken, als wollte er den durchbohrenden Augen des Prinzen entgehen.

»Meine Herren,« fuhr Florisel in seinem gewöhnlichen Tone fort, »dieser Bursche hat meiner lange gespottet, aber endlich habe ich ihn nun, dank Dr. Noëls Beistand. Seine Missetaten sämtlich aufzuzählen, dazu reicht unsere Zeit nicht, doch wäre der Kanal nur vom Blute seiner Opfer erfüllt, glauben Sie mir, er wäre nicht trockener, als er jetzt ist. Aber selbst ihm gegenüber will ich die Gebote der

Ehre nicht außer acht lassen. Jedoch Sie sind Zeugen, meine Herren, es handelt sich hier mehr um eine Exekution als um ein Duell, und es hieße die Etikette zu weit treiben, wollte ich ihm die Wahl der Waffen lassen. Ich kann mein Leben um seinetwillen nicht in die Schanze schlagen, und da eine Pistolenkugel oft den Weg des Zufalls geht und so manches Mal des zitternden Feiglings Kugel den Mann von Mut und Kraft trifft, so mag das Schwert entscheiden.«

Und damit wies er auf den Kasten mit den Degen und sagte zum Präsidenten:»Schnell, wählen Sie eine Klinge; es drängt mich, mit Ihnen für immer fertig zu werden.«

Zum ersten Male hob der Verbrecher wieder den Kopf, und offenbar wuchs ihm der Mut.

»Soll es ausgefochten werden?« fragte er eifrig,»und zwischen uns beiden?«

»Ich will Ihnen die Ehre antun.«

»Wohlan,« rief der Präsident.»In gleichem Kampf – wer weiß, wie der Würfel rollt? Und kommt's zum Schlimmsten, so falle ich wenigstens von der Hand eines der tapfersten Männer Europas.«

Damit trat er zum Tisch und wählte sich nach peinlicher Prüfung eine Waffe. Er schien so hoffnungsvoll, als könnte ihm der Sieg nicht fehlen. Seine Zuversicht beunruhigte die andern, und sie beschworen den Prinzen, sich nicht der Gefahr auszusetzen.

»Es ist nur ein Possenspiel,« antwortete dieser,»und ich glaube, ich kann Ihnen versprechen, meine Herren, es wird bald zu Ende sein,« und zu Geraldine gewendet,»habe ich je versäumt, eine Ehrenschuld abzutragen? Ich bin Ihnen den Tod dieses Mannes schuldig, und Sie sollen ihn haben.«

Nachdem sich der Prinz sodann ebenfalls einen Degen gewählt hatte, fuhr er fort:

»Oberst Geraldine und Dr. Noël, erwarten Sie mich gefälligst in diesem Zimmer. Ich wünsche keinen persönlichen Freund hierbei beteiligt. Major O'Rooke, wollen Sie sich des Präsidenten annehmen? Leutnant Rich wird so gut sein, mir beizustehen; ein junger Mann kann nicht genug Erfahrung in solchen Sachen haben.«

»Eure Hoheit,« versetzte Brackenbury, »es ist für mich eine Ehre, die ich als die höchste schätze.«

»Hoffentlich,« entgegnete der Prinz, »kann ich Ihnen einmal meine Freundschaft in einer wichtigeren Angelegenheit beweisen.«

Mit diesen Worten ging er den andern voran die Küchentreppe hinunter.

Die beiden Zurückbleibenden öffneten das Fenster, lehnten sich hinaus und strengten alle Sinne an, um durch irgendein Zeichen den Verlauf des tödlichen Zweikampfes zu erkennen. Der Regen war vorüber, der Tag brach an, die Vögel fingen an zu singen. Der Oberst und der Arzt sahen die Männer im Gebüsch verschwinden, dann aber war alles totenstill.

»Er hat ihn zum Grabe geführt,« sagte Dr. Noël mit einem Schauder.

»Gott,« rief der Oberst, »stehe dem Gerechten bei!«

Und sie warteten, ohne weiter ein Wort zu sprechen, der Doktor zitternd vor Furcht, der Oberst von Schweiß bedeckt. Nach vielen Minuten quälendster Ungewißheit hörten sie endlich Schritte sich nähern, und bald sahen sie auch den Prinzen und die beiden indischen Offiziere zurückkehren.

»Ich schäme mich meiner Erregung,« sagte Prinz Florisel, »aber die Existenz dieses Höllenhundes nagte an mir wie eine Krankheit, und sein Tod hat mich mehr erfrischt als ein langer Schlummer. Sehen Sie, Geraldine,« fuhr er fort und warf seine Klinge auf den Boden, »da ist das Blut des Mannes, der Ihren Bruder tötete. Es sollte ein willkommener Anblick sein. Und doch, wie sonderbar sind wir Menschen! Noch ist es nicht fünf Minuten her, daß ich mir Genugtuung verschaffte, und schon frage ich mich, ob eine Genugtuung in diesem Leben überhaupt möglich ist. Das Adle, das er tat, wer kann es ungeschehen machen? Ist Geraldines Bruder weniger tot und sind tausend andere unschuldige Personen weniger ins Verderben gestürzt?«

»Der Gerechtigkeit ist Genüge geschehen,« versetzte der Doktor. »Soviel ist klar. Die Lehre war, Eure Hoheit, für mich eine grausame; und mit Bangen erwarte ich meinen Spruch.«

»Was sagte ich?« rief der Prinz, sich aus seinen Gedanken aufraffend. »Ich habe die Strafe vollzogen, und hier ist neben mir der Mann, der mir helfen kann, geschehenes Anrecht gutzumachen. Ja, Dr. Noël, Sie und ich, wir haben eine schwere und ehrenhafte Aufgabe vor uns; und vielleicht haben Sie, noch ehe wir damit zu Ende sind, Ihre früheren Irrtümer mehr als ausgeglichen.«

»Und inzwischen,« sagte der Doktor, »lassen Sie mich gehen und meinen ältesten Freund begraben.«

Über tredition

Eigenes Buch veröffentlichen

tredition wurde 2006 in Hamburg gegründet und hat seither mehrere tausend Buchtitel veröffentlicht. Autoren veröffentlichen in wenigen leichten Schritten gedruckte Bücher, e-Books und audio-Books. tredition hat das Ziel, die beste und fairste Veröffentlichungsmöglichkeit für Autoren zu bieten.

tredition wurde mit der Erkenntnis gegründet, dass nur etwa jedes 200. bei Verlagen eingereichte Manuskript veröffentlicht wird. Dabei hat jedes Buch seinen Markt, also seine Leser. tredition sorgt dafür, dass für jedes Buch die Leserschaft auch erreicht wird.

Im einzigartigen Literatur-Netzwerk von tredition bieten zahlreiche Literatur-Partner (das sind Lektoren, Übersetzer, Hörbuchsprecher und Illustratoren) ihre Dienstleistung an, um Manuskripte zu verbessern oder die Vielfalt zu erhöhen. Autoren vereinbaren direkt mit den Literatur-Partnern die Konditionen ihrer Zusammenarbeit und partizipieren gemeinsam am Erfolg des Buches.

Das gesamte Verlagsprogramm von tredition ist bei allen stationären Buchhandlungen und Online-Buchhändlern wie z. B. Amazon erhältlich. e-Books stehen bei den führenden Online-Portalen (z. B. iBookstore von Apple oder Kindle von Amazon) zum Verkauf.

Einfach leicht ein Buch veröffentlichen: **www.tredition.de**

Eigene Buchreihe oder eigenen Verlag gründen

Seit 2009 bietet tredition sein Verlagskonzept auch als sogenanntes "White-Label" an. Das bedeutet, dass andere Unternehmen, Institutionen und Personen risikofrei und unkompliziert selbst zum Herausgeber von Büchern und Buchreihen unter eigener Marke werden können. tredition übernimmt dabei das komplette Herstellungs- und Distributionsrisiko.

Zahlreiche Zeitschriften-, Zeitungs- und Buchverlage, Universitäten, Forschungseinrichtungen u.v.m. nutzen diese Dienstleistung von tredition, um unter eigener Marke ohne Risiko Bücher zu verlegen.

Alle Informationen im Internet: **www.tredition.de/fuer-verlage**

tredition wurde mit mehreren Innovationspreisen ausgezeichnet, u. a. mit dem Webfuture Award und dem Innovationspreis der Buch Digitale.

tredition ist Mitglied im Börsenverein des Deutschen Buchhandels.

Dieses Werk elektronisch lesen

Dieses Werk ist Teil der Gutenberg-DE Edition DVD. Diese enthält das komplette Archiv des Projekt Gutenberg-DE. Die DVD ist im Internet erhältlich auf **http://gutenbergshop.abc.de**

Zeitfracht Medien GmbH
Ferdinand-Jühlke-Straße 7
99095 Erfurt, Deutschland
produktsicherheit@kolibri360.de